KB042623

CONTENTS

N E O   M O D E R N   F A N T A S Y   S T O R Y   &   A D V A N T U R E

이계황제
헌터정복기

이계황제
헌터정복기

프롤로그

2015년 7월 19일

지구에 사는 모든 인간은 지구를 감싸고 있는 무엇인가가 부서졌다는 느낌을 받을 수 있었다.

무엇이 부서졌는지는 알 수 없었다. 하지만 누구나 뭔가가 부서졌다는 느낌을 받을 수 있었고, 몇몇 사람들은 그 느낌과 동시에 자신들의 내부에서 무엇인가가 깨어났다는 느낌도 받았다.

전 인류가 이 기이한 느낌에 의아해하고 있을 무렵, 지구 전체가 흰 빛에 휩싸이며 잠시 동안 빛이 났다.

대부분의 사람들은 이 빛이 어떤 의미인지 알 수 없었

으나, 조금 전 뭔가 다른 힘을 감지한 소수의 사람들은 자신들에게 특별한 능력이 생겼음을 알 수 있었다.

물론 그 순간까지만 해도 왜 이런 능력이 주어졌는지 알 수가 없었다. 하지만 그 능력이 주어진 이유를 파악할 때까지는 그리 오랜 시간이 걸리지 않았다.

왜냐하면 지구상의 모든 인간이 동시에 같은 심상(心想)이 떠올랐기 때문이었다. 그 심상에는 지구가 괴물에게 습격을 당하는 모습들이 나타나 있었다.

심상 속에서 지금까지의 무기는 괴물에게 잘 통하지 않았고, 괴물을 막는 사람들은 기이한 기운을 사용하는 소수의 사람들이었다.

그제야 특별한 능력을 받은 사람들은 왜 자신들이 그런 능력을 받았는지 알 수 있었다. 물론 그 때나 지금이나 그 능력을 누가 줬는지는 알 수 없었지만 말이다.

하지만 3년의 시간동안 지구에는 아무 일이 없었다. 그래서 능력을 받은 소수의 사람들을 제외한 대부분의 사람들은 3년 전의 사건을 한순간의 기이한 해프닝 정도로 취급하고 있었다.

그러나 몇몇 사람들은 이것이 해프닝이 아님을 알고 있었다. 3년 전의 그 일이 벌어지기 전부터 마나를 사용할 수 있었던 소수의 사람들과, 3년 전의 일로 인하여 능

력을 받은 사람들은 심상에서 벌어진 일이 언젠가 나타
날 것이라는 것을 잘 알고 있었다.

　그들이 부여받은 능력이 그 증거라 할 수 있었다. 아직
받은 능력을 현실로 발현하지는 못했지만, 능력을 부여
받은 대부분의 사람들은 매일 밤 꿈속에서 그 능력을 수
련하고 있었다.

　그리고 정확히 3년이 지난, 2018년 7월 19일 지구 전
역에 기이한 차원의 구멍이 나타났다.

　훗날 몬스터 홀이라 명명된 차원의 구멍은 나타난 지
일정 시간이 지나면 사라지면서 다수의 몬스터를 뱉어내
었다.

　괴물이라는 뜻의 몬스터라 이름 붙은 것처럼, 그 속에
서 나온 몬스터들은 인류에게 우호적이지 않았다.

　당연히 몬스터들은 인간을 공격하였고, 인간은 살아남
기 위해서 몬스터를 공격하며 서로 죽고 죽이는 상황이
벌어졌다.

　하지만 기존의 인류의 무기들은 능력이 낮은 하급의
몬스터에게만 유효하였고, 중급 이상의 몬스터들에게는
전혀 효력을 보이지 못했다.

　그렇게 인류는 몬스터들에게 엄청난 피해를 입으며
자칫 인류 전체가 몬스터들에게 사멸할 지도 모른다는

생각까지 들었다. 그 때, 능력자들이 나타났다.

능력자들은 3년 전 흰 빛과 함께 능력을 부여받은 사람들로 몬스터 홀이 나타나면서 그들의 능력 또한 현실로 발현이 가능하게 된 것이었다.

이 능력자들이 사용하는 무공과 마법과 초능력들로 인하여 밀리고 있던 인류는 이제야 몬스터들과 해볼 만한 싸움을 할 수 있었다.

이때까지만 해도 몬스터와의 싸움은 방어전의 양상이었다. 하지만 몬스터에게서 나온 부산물이 지금껏 없었던 신소재라는 것을 파악한 인류는 더 이상 방어적으로 나서지만은 않았다.

특히 몬스터의 핵이라 할 수 있는 마정석은 에너지원으로의 사용부터 시작해서 그 이용가치가 무궁무진하다는 것이 밝혀진 뒤로부터는 적극적으로 몬스터 사냥에 나서기 시작했다.

특히, 몬스터 홀에 먼저 들어가서 몬스터를 모두 해치우면 홀이 사라지고 몬스터가 나타나지 않는다는 사실에 많은 능력자들이 몬스터 홀로 들어가서 몬스터를 처치하기 시작했다.

그리고 그렇게 처리한 몬스터 홀은 홀의 코어와 함께 기이한 힘이 깃든 무구를 남긴다는 것을 안 뒤로부터는 능력자들은 경쟁적으로 몬스터 홀을 처리하였다.

물론 몬스터는 위험하였고 몬스터 홀은 더 위험하였다. 실제로 능력자들을 먹어 치워버린 몬스터 홀도 많았다.

하지만 어차피 몬스터 홀은 두고 볼 수 없었고, 몬스터 홀에서 나오는 코어와 무구들은 너무도 강력한 힘을 주는 매력적인 동인(動因)이었다.

이런 사실 덕분에 이제 인류는 몬스터를 방어하는 것을 넘어서서 적극적으로 몬스터를 사냥하게 되었고, 점차 몬스터에 의한 사회, 문화, 정치, 경제체제가 만들어지기 시작했다.

이후로도 인류와 몬스터는 서로 간의 욕구를 충족시키기 위해 죽고 죽이는 투쟁을 하였다.

그렇게 30년이라는 시간이 흘러갔다.

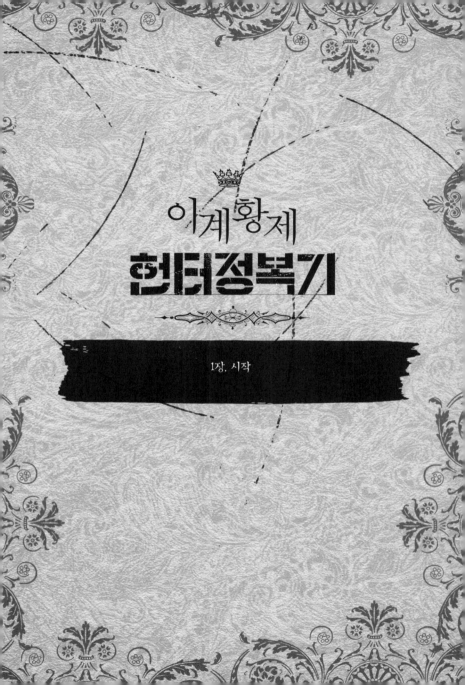

이계황제
헌터정복기

1장. 시작

1장. 시작

　헤스티아 대륙의 알토 왕국의 왕궁 알티아는 평소 세상에서 가장 아름다운 궁전이라는 평가를 들을 만큼 화려한 왕궁이었다.

　하지만 지금 알티아는 그런 화려한 모습을 찾아 볼 수 없을 정도로 황폐한 모습이었다. 그것은 에르하임 제국과의 전쟁 때문이었다.

　이 알티아의 황폐한 모습은 알토 왕국이 에르하임 제국에게 패색이 짙다는 것을 상징적으로 보여주고 있었다.

　아니나 다를까 알티아의 내전(內殿)에는 알토 왕국의 국왕 일가가 포박되어 무릎을 꿇고 있었다.

지금 알토 왕국의 왕좌에는 화려하게 빛나는 은빛 브레스트 메일에 붉은 망토를 한 20대 후반 정도로 보이는 검은머리 미청년이 자리 잡고 있었는데, 그는 초라한 알토 국왕 일가의 모습을 보더니 비웃으며 말했다.

"왕족이라는 것들이 쥐새끼처럼 하수도를 통해서 도망치려 했다?"

지금 알토왕국 국왕일가의 모습은 추레하기 그지없었다. 화려한 전포와 드레스는 어디 갔는지 평민이 입을법한 옷가지와 얼굴에는 숯검정까지 칠해서, 그들의 얼굴을 아는 사람이 아니라면 이들이 왕족이라는 것을 도저히 알아볼 수 없을 정도였다.

"크윽. 스토른 공작과 길이 어긋난 것인가? 계획대로 되었다면 충분히 카슈타르 제국으로 망명할 수 있었을 텐데…."

알토 왕국의 국왕 디테호른 1세는 분하다는 얼굴로 눈앞에 있는 에르하임 제국의 황제 칼스타인 폰 에르하임을 바라보았다. 눈앞의 칼스타인은 20대 정도로 보이지만 실상 40살이 넘은 중년인이었다. 강력한 마나의 힘이 그의 신체를 재구성하고 그의 노화를 막고 있는 것이었다.

디테호른 1세의 말에 잠시 웃음을 짓던 칼스타인은 자신의 검은머리를 슬쩍 쓸어 올리더니 검은빛의 깊은 눈으로 그를 바라보며 말했다.

"길이 어긋나? 후후. 제이크, 가져오너라."

칼스타인은 무엇을 가져와야 하는 것인지 말하지도 않은 채 옆에 서 있던 기사, 제이크에게 단지 가져오라는 말만하였는데 제이크는 그런 칼스타인의 말을 바로 알아들었는지 재빨리 통로로 가서 무언가를 가지고 들어왔다.

제이크가 양손으로 잡고 들고 오는 것은 누군가의 머리였다. 잘린 단면에서 아직도 피가 뚝뚝 흐르고 있는 머리는 바로 디테호른 1세가 기다렸던 스토른 공작의 머리였다.

스토른 공작은 부릅뜬 눈을 채 감지도 못한 것이 마치자신의 죽음을 예상치 못했던 것 같아보였다.

그리고 지금 디테호른 1세는 목이 잘린 스토른 공작의 표정과 똑같은 표정을 지을 수밖에 없었다.

"스… 스토른 공작! 어… 어떻게… 스토른 공작은 그랜드마스터의 무인인데…."

"그랜드마스터지. 그게 왜?"

디테호른 1세의 말처럼 알토왕국의 수호자인 스토른 공작은 절대적인 힘을 발휘하는 오러 블레이드를 사용할 수 있는 그랜드마스터의 무인이었다.

칼스타인 역시 그랜드마스터라 알려져 있지만, 디테호른 1세는 그보다 이십 년은 먼저 그랜드마스터에 오른 스토른 공작이 결코 칼스타인에게 졌을 것이라고 생각하지는 않았다.

"에르하임 제국에 다른 그랜드마스터가 있었던가? 단지 마스터급이 왔다면 스토른 공작이 피하지 못할 리가 없었을 텐데…."

디테호른 1세 역시 소드 익스퍼트 최상급의 무인이었다. 비록 마스터에는 오르지 못했지만, 그 역시 무인이었기에 전투 상황을 예측하는 데에는 무리가 없었다.

그가 아는 스토른 공작이라면 칼스타인이 몇 명의 마스터와 함께 공격을 하더라도 충분히 몸을 피할 수 있을 만한 능력을 갖고 있었다.

아니 오히려 틈을 노려서 칼스타인을 죽이거나 그에게 치명상을 가할 수 있는 능력까지도 충분하다고 믿고 있었다.

"후후. 뭔가 잘못생각하나 본데, 스토른을 해치운 것은 나 혼자야. 누구의 도움도 받지 않았다는 말이다."

"뭣이! 거짓말 하지마라! 스토른 공작이 그랜드마스터에 오른 것은 네놈이 마스터가 되기도 전이었는데 어떻게 너 혼자서…."

한 경지에 머무른 시간이 길다고 더 높은 무위를 보이는 것은 아니었지만, 스토른 공작은 천재라 할 수 있을 정도로 빠른 시간에 그랜드마스터에 올라 수십 년간 절대 강자로 군림하며 알토왕국을 수호하고 있었다.

카슈타르 제국의 수호기사 루시안 공작이나, 제피로스 제국의 드라카스 원주를 제외한다면 누구도 그를 일대일로는 이기지 못하리라 생각했기에 디테호른 1세는 칼스타인의 말을 믿을 수가 없었다.

"네 놈이 믿고 안 믿고는 상관없어. 어쨌든 오늘 이 알토 왕국과의 전쟁을 끝내면 헤스티아 대륙 서북부의 정벌은 끝났다 할 수 있겠군. 오늘로서 친정(親征)도 끝인가? 자, 치워라!"

칼스타인의 치우라는 말에 디테호른 1세 뒤에 서있던 기사는 은빛 검을 꺼내어 들었다.

디테호른 1세는 대화를 통해서 협상을 할 생각을 하였는데, 칼스타인이 단호히 자신의 목을 치려하자 급하게 말을 꺼냈다.

"잠깐!"

디테호른 1세의 다급한 말에 그의 뒤에 있던 기사는 검을 빼어든 채 칼스타인을 바라보며 지시를 기다렸다. 하지만 칼스타인은 더 할 말이 없었고 더 궁금한 것도 없었다.

"끝내."

"날 죽인다면…."

칼스타인의 냉정한 말에 디테호른 1세는 더 급하게 입을 열었지만, 뒤의 기사는 더 기다려 주지 않았다.

휘익~!

통~ 통~ 털썩~!

"아악! 전하!"

"아바마마!"

디테호른 1세의 죽음에 그의 왕비와 공주는 비명을 질렀다. 왕비는 성정이 심약했는지 기절까지 하고 말았다. 다만 왕태자인 라도크 왕자는 입술을 질끈 깨물 뿐 큰 반응을 보이지는 않았다.

칼스타인은 그런 라도크를 잠시 흥미 있게 바라보았지만, 그 잠시가 끝이었다. 이어서 그들의 뒤에 있던 기사들에게 다시 참수 지시를 내리려 하였는데, 조금 전 스토른의 머리를 들고 왔던 제이크가 입을 열었다.

"폐하, 토르셀 왕비는 몰라도 리토니아 공주는 잡아서 황실 직할 매화원(賣花園) 히야신스에 소속시키는 것이 어떻겠습니까?"

매화원이라는 말에 리토니아 공주는 눈을 부릅떴다. 세상 물정을 잘 모르는 공주이긴 하지만 지금 제이크가 말하는 매화원에 대해서는 잘 알고 있었다.

특히 에르하임 제국의 황실직할 매화원 히야신스는 전쟁에서 패한 적대국의 귀족이나 왕족의 영애들을 성접대부로 사용하는 일종의 공창(公娼)이었다.

리토니아 공주의 미모와 출신이라면 충분히 훌륭한 고급 창녀로 활용할 수 있기 때문에 한 제안이었다. 하지만 제이크의 제안에는 그의 사심도 포함되어 있었다.

"제이크, 리토니아 공주를 노리고 있었던 것 같은데, 알토 왕국에는 후환을 남겨 둘 생각이 없다."

조금 전 라도크 왕태자에게도 잠시 흥미를 느꼈지만 그냥 참수하려는 것도 이런 이유였다. 하지만 제이크는 리토니아 공주를 취하고 싶었는지 다시 한 번 칼스타인에게 말을 하였다.

"폐하, 그럼 제가 데려가서 처리하겠습니다!"

그런 제이크의 말에 칼스타인은 아무 대답도 않은 채 가만히 그를 바라보았다.

갑자기 싸늘해진 주변의 공기에 제이크는 몸에 닭살이 돋는 듯한 기분을 느꼈다. 그랜드마스터에는 오르지 못했지만, 그래도 마스터 급의 강자라 할 수 있는 제이크는 칼스타인의 눈빛에 마치 고양이 앞의 쥐가 된 느낌을 받았다.

과거 그랜드마스터와도 잠시나마 상대한 적이 있었지만 그 때도 이런 느낌은 아니었다. 숨이 막히는 긴장감을 넘어서 제이크가 문자 그대로 숨이 막히고 있을 때, 칼스타인이 나지막이 입을 열었다.

"제이크, 두 번 말하게 하지마라. 과거 인연이 있었다고 해도 계속 봐주진 않아. 선을 넘지 마라."

칼스타인이 입을 열면서 숨을 쉴 수 있게 된 제이크는 가쁜 숨을 몰아쉬며 재빨리 대답했다.

"허억 허억. 네, 네! 폐하! 죄송합니다!"

그렇게 제이크에게 가벼운 경고를 한 칼스타인은 다시 포로를 잡고 있는 기사들에게 신호를 내려 참수를 집행할 것을 명했다.

쉭! 쉭! 쉬익!

툭~ 툭~ 투욱!

세 개의 목이 떨어졌고, 세 구의 시체가 생겼다. 20대 초반의 아름다웠던 리토니아 공주 역시 한구의 주검이 되고 말았다.

디테호른 1세 및 그 직계의 죽음을 확인한 칼스타인은 제이크의 반대쪽에 있던 기사에게 명을 내렸다.

"아토스. 알토의 모든 왕족을 지워라. 알토 왕국은 왕가에 대한 충성심이 강해서 한 놈이라도 남아있다면 그

걸 구심점으로 봉기할 가능성이 높아. 일단 직계는 지웠
지만 만일을 대비해 놓는 것이 좋지."

"네, 폐하!"

"그럼 난 돌아갈 테니 뒷정리를 하고 돌아오도록 해.
아, 임시 사령관은 블루 드래곤 군단의 단장 로바티스로
하고."

"그리하겠습니다, 폐하!"

말을 마친 칼스타인은 품속에서 특이한 문양이 음각된
다소 굵은 은빛 반지를 꺼내 왼손에 끼웠다.

'1년 만에 이걸 사용하는 군. 역시 돌아갈 때는 한 번
에 가는 게 좋단 말이야.'

그렇게 생각한 칼스타인은 반지에 마나를 주입하였고,
막대한 마나가 주입된 은빛 반지는 칼스타인이 서있는
대전의 바닥에 직경 1미터 정도의 마법진을 투사하였다.

이 마법진을 확인한 칼스타인은 만족스러운 미소를 짓
더니 조용히 시동어를 읊었다.

"알라드 카라스 툼!"

기이한 문양과 룬어로 이루어진 마법진은 칼스타인의
시동어에 엄청난 빛을 내뿜더니 그와 함께 사라졌다. 바
로 공간이동이 시전된 것이었다.

칼스타인이 나타난 곳은 에르하임 제국의 황도 칼리움의 황궁이었다. 다만, 대응마법진을 감추기 위해서 지금 그가 서 있는 곳은 자신과 궁정마법사만이 아는 비밀 공간이었다.

가로 세로 20미터 규모의 정사각형 형태의 방에 선 칼스타인은 주위를 둘러보며 만족스러운 표정을 짓더니 조용히 읊조렸다.

"돌아왔군."

칼스타인은 오늘은 이곳에서 1년간 야전에서 묵은 피로를 풀고 내일 황궁으로 복귀할 생각을 하였다.

지금 간다면 그가 처리해야할 일이 산더미처럼 쌓여있어 제대로 쉬지도 못할 것이기 때문이었다.

그렇게 쉬려고 마음먹고 있는 칼스타인의 기감에 누군가 다가오는 것이 느껴졌다. 그 기감을 느낀 칼스타인은 입가에 미소를 지었다.

이윽고 방과 연결된 비밀 통로를 여는 소리가 나더니 누군가의 목소리가 들려왔다.

"폐하! 오셨군요!"

수석황궁마법사 엘리니크였다. 은은하게 반짝거리는

하늘색 로브에 수정 지팡이를 짚으면서 오는 눈부신 금발 머리의 마법사 엘리니크는 칼스타인의 실제 나이와 비슷한 연배로 보이는 40대의 마법사였다.

1년 만에 복귀하는 칼스타인에게 엘리니크는 조용히 다가와 허리를 숙여 예를 표현하였다.

엘리니크의 예를 받은 칼스타인은 격의 없이 그의 어깨를 치며 말했다.

"역시 자네일 줄 알았지. 이곳은 자네와 나밖에 모르니 말이야. 둘이 있을 때는 편하게 하자니까."

"늘 말씀드리지만,. 폐하는 에르하임 제국의 황제이십니다. 과거의 인연이 있다 해서 제가 편하게 폐하를 대할 수는 없지요."

강경한 엘리니크의 발언에 칼스타인은 어쩔 수 없다는 듯 고개를 저으며 대답했다.

"후. 그 고집은 여전하군."

칼스타인이 자신의 고집을 꺾는 듯한 모습을 하자 엘리니크는 살짝 미소를 지으며 말했다.

"그런데 저는 내일이나 오실 줄 알았더니 오늘 바로 오실 줄은 몰랐습니다."

통신마법을 통해서 전황을 전달 받았기에 친정의 결과는 잘 알고 있었다.

어차피 알토왕국까지 끝났기 때문에 자신이 제작했던 공간이동 반지로 칼스타인이 복귀할 것은 엘리니크 역시 예상하고 있었지만, 오늘 바로 이렇게 칼스타인이 돌아올 것이라는 생각까지는 못하고 있었다.

아무리 빨라도 상황이 정리되는 내일 정도 복귀할 것 것이라 생각했기 때문이었다.

"뭐, 다 끝난 상황에서 내가 있어봤자 밑에 애들이 불편하기만 하지, 안 그래?"

"불편한 걸 아셨으면 친정을 하지 않으셔야 했지 않겠습니까?"

"후후, 아는 녀석이 그렇게 물어? 내가 친정을 안했으면 이번 북부 3개국을 정벌할 수 있었을 것 같아?"

칼스타인의 반문에 엘리니크는 선 듯 대답을 하지 못했다. 칼스타인의 말처럼 그가 없었다면 이번 정벌은 힘들었을, 아니 불가능했을 것이었기 때문이었다.

"그렇…긴 하지요. 폐하를 제외하고는 3개국의 수호기사를 상대할 사람이 없으니 말입니다."

"그래, 그러니 내가 나서야 하는 것이지. 뭐 싸우는 것이 재미있기도 하고. 그런데 이번에 확실히 느껴지더군."

"뭐가 말입니까?"

"라이트 소더가 그랜드마스터와는 완전히 차원이 다른

경지라는 것을 말이야."

칼스타인은 그랜드마스터의 경지를 능가한 라이트 소더였다. 아직 타국, 아니 제국 내부에서도 아는 사람은 거의 없었지만, 칼스타인의 수석마법사이자 친구인 엘리니크는 그 사실을 잘 알고 있었다.

"그렇지요. 만일 폐하께서 라이트 소더가 되시지 않았다면, 무슨 일이 있어도 친정을 막았을 것입니다."

"하하. 그랬겠지. 네 성격이었다면 말이야."

칼스타인의 고집을 꺾을 수 있는 유일한 사람이 엘리니크였다. 엘리니크만이 칼스타인의 주장을 반박할 수 있었고, 그를 신뢰하는 칼스타인의 성격상 아마 엘리니크가 필사적으로 친정을 막았다면 그의 말처럼 친정을 하지 못했을 가능성이 높았다.

"그럼 무사히 복귀하신 걸 뵈었으니 저는 이만 물러나겠습니다. 내일 대전에서 뵙겠습니다."

엘리니크는 칼스타인이 내전(內殿)으로 들지 않고 이 비밀공간에 머무를 듯한 모습을 보이자, 무슨 일인지 묻지도 않고 바로 상황을 파악하였다. 둘이 쌓아온 시간은 그것을 가능하게 하였다.

엘리니크의 말과 행동에 칼스타인은 흐뭇한 표정을 지으며 대답했다.

"그래, 그럼 내일 보자고."

그렇게 엘리니크까지 보낸 칼스타인은 갑옷을 벗고 간단히 샤워를 한 후 편안한 심정으로 자리에 방의 한 쪽에 있는 침대에 누웠다.

아직 잠을 자기는 이른 시간이었지만, 1년간 편안하게 잠자리에 들지 못했기에 묶은 피로를 풀기 위해서 자리에 누운 것이었다.

사실 라이트 소더에 이른 만큼 굳이 잠을 자지 않아도 상관이 없긴 하지만, 칼스타인은 적절한 수면으로 신체와 정신의 피로를 풀어주는 것을 중요하게 생각하였다.

수면이 부족하면 신체의 밸런스도 떨어지고, 명확한 판단이나 사고를 하는 것도 방해 받기 때문에 전장에서도 부득이한 경우가 아니면 최소한의 수면을 취하곤 하였다.

그렇게 칼스타인은 자신에게 어떤 일이 닥쳐올지도 모르는 채 스르륵 잠이 들고 말았다.

수면을 취하던 칼스타인은 어느 순간 갑자기 정신이 들었는데, 눈을 떠보니 주위가 완전히 깜깜하고 아무것도 심지어 자신의 몸도 보이지 않는 상태였다.

'뭐지? 꿈인가?'

정기신(精氣身)을 완벽히 통제하는 경지에 있는 라이트 소더답게, 칼스타인은 평소 전혀 꿈을 꾸지 않았다.

하지만 지금 이 상황은 꿈이 아니라면 설명이 되지 않는 상황이었다. 그러나 칼스타인은 자신을 믿었고 자신의 본능은 이것이 꿈이 아니라고 말해주고 있었다.

동시에 자신이 신체를 잃은 영혼의 상태인 것을 알 수 있었다.

다만, 칼스타인은 당황하지 않았다. 극도로 단련된 정신을 가지고 있는 칼스타인은 조용히 가부좌를 틀고 앉아서 외부를 관조하기 시작했다. 상황을 확인해보기 위해서였다.

어둠에 가득 찬 공간 속에서 천천히 외부를 관조하던 칼스타인은 이내 이곳이 어딘지 알아차렸다.

'혼이 머문다는 상단전이군.'

라이트 소더에 이른 이후 관조를 통해서 자신의 몸 내부를 다 살펴본 적이 있었기에 지금 있는 곳의 정체를 알아차리는 것에는 오래 걸리지 않았다.

다만 자신의 상단전과 다른 것은 자신의 상단전은 눈부시도록 빛나는 흰색 빛으로 가득 찬 공간인데 반해, 이곳은 한치 앞도 보이지 않는 어둠속에 있다는 것이었다.

'이 몸에서 혼이 떠난 지도 오래 된 것 같은데 그래도 몸이 살아 있는 것인가? 어차피 주인도 없는 방인데 상황 파악을 위해서라도 일단 장악해봐야겠군.'

만일 칼스타인이 라이트 소더의 경지에 오르지 못했다면 자신의 혼으로 다른 사람의 육체를 장악한다는 생각조차 못했을 것이었다.

하지만 칼스타인의 경지는 그것이 가능하였다. 어두운 상단전의 중앙에 자리 잡은 칼스타인은 자신의 영혼으로 이 육체를 장악하기 시작하였다.

어차피 영육의 끈이 이 신체와 이어졌기에 다른 몸으로 이동하지도 못할 것이었다.

얼마의 시간이 지났을까, 어둠으로 가득 차 있던 이 육체의 상단전은 칼스타인의 영혼에 의해서 점점 밝아지더니 드디어 완전히 어둠이 사라졌다.

칼스타인 원래 육체의 눈부신 흰빛을 내는 상단전과는 전혀 다른 칙칙하고 탁한 상태였지만, 그래도 이곳에 어두운 곳은 없었다. 칼스타인이 육체를 장악한 것이었다.

그리고 그 순간 칼스타인은 이 육체에 남긴 기억을 읽을 수 있었다. 영혼이 떠나서 그런지 뇌의 기억을 관장하는 부분이 일부 손상되어서 그런지 완전한 기억은 아니었지만, 칼스타인은 이 육체에 담긴 대부분의 기억을 읽어낼 수 있었다.

'그런 것인가… 자살을 택하다니 나약한 영혼이었군.'

칼스타인이 들어온 몸의 주인은 이수혁이라는 20대 중반의 청년이었다. 아니 자살을 시도했을 때는 17살로 10대의 청소년이라 할 수 있었다.

이수혁은 원래부터 심약한 성격의 소유자였는데 의외로 마나잠재력 테스트에서 매우 높은 결과를 받아, 세계능력자협회의 능력자 아카데미에 입학할 수 있었다.

하지만 그 잠재력에 비해서 실재로 발현되는 능력은 형편없었다. 다만, 유래를 찾기 힘든 우수한 잠재력의 소유자라 학교 측에서는 많은 편의를 봐주었는데 그것이 동료들의 시샘을 샀고, 그 결과는 이수혁의 왕따로 이어졌다.

안 그래도 심약한 성격의 이수혁은 왕따를 통해서 멘탈이 가루가 되도록 부서졌다.

이수혁은 아카데미를 그만두려 하였지만 일단 높은 잠재력 때문인지 아카데미에서도 왠만해서는 이수혁을 놓아주려 하지 않았고, 자세한 사정을 모르는 부모님 또한 이수혁이 아카데미에 남는 것을 원하고 있었다.

아무래도 아카데미 출신의 헌터들은 그 실력도 실력이지만 우수한 인맥을 통해서 좀 더 좋은 조건과 자리로 가는 경우가 많았기 때문이었다.

다만, 이수혁의 부모님은 이수혁이 이런 왕따를 당하는 것을 모르고 있었다. 단지 아카데미에 적응을 못한다는 정도로만 알고 있었다.

만일 이런 극한 상황인 것을 알았다면 이수혁을 아끼는 부모님의 성정 상 당연히 아카데미를 그만두게 하였을 것이었다.

어쨌든 그렇게 이수혁은 2년을 버텼다. 15살에 입학한 이수혁이 17살이 된 것이었다. 아카데미는 5년제로 3년만 더 버티면 이 지옥을 벗어날 수 있다는 생각만으로 이수혁은 꾸역꾸역 하루하루를 버텨냈다.

그렇게 이수혁이 버티면서 동기들은 단순 괴롭힘으로는 이수혁이 그만두지 않는다는 것을 깨닫고 좀 더 강한 자극을 주기위한 음모를 꾸몄다.

❖

"유빈아, 요즘 이수혁은 어때?"

"뭐 하늘을 날아다니는 기분이겠지, 나 같은 퀸카가 그런 찐따를 상대해주고 있으니 말이야."

짙은 검은 머리를 어깨까지 기른 김유빈은 스스로 퀸카라 말한 것이 부끄럽지 않을 정도로 상당히 괜찮은 미

모를 가지고 있었다.

애초에 말을 건 박창수도 김유빈의 말에 동의를 하는지 고개를 끄덕이더니 그녀에게 물었다.

"크크크. 그럼 디데이는 언제야? 이제 웬만큼 기분이 올라온 것 같은데 말이야."

"뭐 그래도 한 달은 채워야 안 되겠어?"

"한 달이면 이틀 뒤네. 크큭, 애들 불러 모아야겠어. 아니다, 그 찌질이 모습을 동영상으로 남겨서 두고두고 써먹어야지."

"하여튼 나 한 달 동안 고생했으니까, 약속했던 건 지켜야해."

"그래 기본 오백만원에, 만약 그 자식이 자퇴하면 천만원 더 줄게."

뚱뚱까지는 아니지만 통통보다 좀 더 살이 찐 몸을 가진 박창수는 이수혁을 괴롭히는데 가장 앞장 선 동급생이었다.

박창수가 이수혁을 괴롭히기 시작한 것은 별것도 아닌 이유였다. 박창수는 동기 중에서 자신의 마나잠재력이 가장 높다고 생각하고 있었는데 이번 기수에서는 이수혁이 가장 높은 잠재력을 갖고 있다는 사실이 알려졌고, 자신이 2등인 것을 알게 되었다.

즉, 박창수의 입장에서는 이수혁만 나가면 기수에서 자신이 가장 높은 잠재력을 가진 학생이 되는 것이었다.

물론 처음부터 박창수가 이수혁을 쫓아 낼 생각은 아니었다. 처음에는 단순히 시기하는 것에 불과하였는데, 이수혁이 심약하다는 것을 알아챈 박창수가 약간의 괴롭힘과 왕따를 시키면 이수혁이 스스로 그만두지 않을까 하는 생각에서 시작한 것이었다.

그러던 것이 2년이라는 시간이 지나면서 거의 모든 동기들도 이수혁이 괴롭힘을 당하는 것이 당연하다고 생각하는 상황이 되어 버린 것이었다.

이번에 박창수가 생각한 괴롭힘의 방법은 동기 중 가장 예쁘고 인기가 많은 김유빈을 이수혁에게 접근시켜 사귀는 것처럼 행동한 뒤 그를 차버려서 나락으로 떨어트리는 방법이었다.

'만일 그 찐따가 자퇴해서 천만원을 받으면, 이번 학기 학비하고 생활비는 해결되겠네. 그 녀석에게는 쬐끔 미안하긴 하지만 더 모질게 해서 꼭 자퇴를 시켜야겠어.'

김유빈의 생각을 아는지 모르는지 박창수는 느물거리는 표정으로 김유빈에게 은근히 말했다.

"유빈아. 이수혁건 말고 전에 말한 건 생각해봤어?"

"뭐? 아… 그건 됐어."

"아직 돈이 아쉽진 않나보네."

"돈이 아쉬워도 그렇게까지 할 생각은 없어."

박창수가 지금 말하는 것은 일종의 계약커플을 제안한 것이었다. 박창수는 김유빈의 외모가 탐이 났고, 김유빈이 경제적으로 어려운 것을 이용하여 제안한 것이었는데, 김유빈은 그것을 거절한 상태였다.

다만, 돈이 필요한 김유빈은 이수혁을 괴롭히는 것은 동참한 상태였다. 이수혁을 괴롭히는 것을 적극적으로 동참하진 않았어도, 그녀 역시 2년간 방관자로 있었기에 죄책감도 별로 없었다.

'너 같은 돼지하고 계약커플 할 정도까지 내가 급이 떨어지지 않았어! 차라리 외모만 따지면 그 찐따가 낫지!'

실제로 이수혁은 큰 키에 훤칠한 얼굴까지 그 심약한 성격만 아니면 인기까지 있을 얼굴이었다.

'그리고 여기만 졸업하고 나면 너 따위 돼지가 아니라 제대로 된 헌터를 물어서 결혼할 거야.'

박창수가 조금만 더 잘생겼다면 고민해봤을지도 모르지만, 박창수는 전혀 김유빈의 스타일이 아니었다.

단호한 김유빈의 대답에 박창수는 예의 느물거리는 표정을 짓더니 그녀에게 한마디를 던지고 물러섰다.

"뭐, 아직은 안 급한가보네. 흐흐, 알겠어. 어쨌든 이번 일이나 잘 부탁한다."

"그래, 일 끝나면 돈이나 제대로 입금해."

❖

이틀이 지나 드디어 디데이가 된 그날 김유빈은 이수혁에게 수업을 마치고 강의실에 남을 것을 이야기하였다.

이수혁은 한 달 간 거의 연인처럼 친하게 지낸 김유빈이 자신에게 고백을 할 것으로 착각을 하고 그에 대한 기대를 하고 있었다.

김유빈과 지내면서 괴롭힘 또한 없어졌기에 이수혁에게는 김유빈이 구세주나 마찬가지인 상황이었다. 모두 마지막의 충격을 더 크게 하기 위한 박창수의 계략이었다.

어쨌든 자신에게 구세주나 다름없는 김유빈이 고백할 것 같은 분위기를 풍기자, 분위기를 보아 오히려 이수혁은 자신이 먼저 고백할 생각까지도 하고 있었다. 심약한 이수혁의 성격으로 봐선 정말 큰 결심을 한 것이었다.

모두가 퇴실하고 강의실에는 김유빈과 이수혁만이 남아있었다.

김유빈이 약간 떨리는 말투로 이수혁에게 뭔가를 이야

기 하려하자, 이수혁이 손을 들어 그녀의 말을 가로막고 그가 먼저 입을 열었다.

"유… 유빈아. 이런 건 남자가 해야 한데. 우리 사귀자! 한 달 동안 너무 고마웠어, 나 같이 찌… 찌질한 애도 너와 같이 있으니까 사람답게 살 수 있는 것 같아. 정말 고마워! 지금의 난 네겐 부끄러운 남자지만, 앞으로 노력해서 부끄럽지 않은 사람이 되도록 할게!"

이수혁의 입장에서는 정말 큰 결심을 한 고백이었다. 하지만 김유빈에게는 어처구니없는 고백이었다.

"뭐? 풋… 얘가 뭐래니. 난 이 연극을 어떻게 끝낼까 싶어 망설였는데, 뭐라고? 사귀자고? 내가 너 같은 찐따랑 왜 사귀냐? 이게 다 박창수가 너한테 잘해줬다가 멀어지면 돈을 준다고… 아. 이런 이야기까진 할 필요가 없겠네. 어쨌든, 한 달간 너한테 맞춰준다고 힘들었어. 앞으로는 아는 체 하지 말자. 그 말하려고 남으라 한 거야. 그럼 잘 가."

박창수의 돈 이야기까지 할 생각은 없었는데 눈치도 없는 이수혁이 사귀자는 말에 어처구니가 없었던 김유빈은 흥분해서 하지 말아야 하는 이야기까지 해버렸다.

'쓸데없는 말을 했네. 뭐 어때. 이제 말 붙일 것도 아닌데.'

너무도 충격적인 말에 김유빈이 나가는 모습을 멍하니 보고 있던 이수혁은 김유빈이 나가면서 한줄기 눈물을 흘렸다.

얼마의 시간이 지났을까 눈물만 흘리던 이수혁은 주섬주섬 가방을 싸더니 강의실 밖으로 나왔다. 그리고는 건물 밖으로 나가는 것이 아니라 옥상으로 올라갔다.

이수혁에게 더 이상 삶의 희망은 없었다. 절망적인 상황에서 계속 있는 것보다, 한 번의 희망을 보았다가 다시 나락으로 떨어지는 것이 훨씬 큰 충격이었다.

지금 이수혁의 마음에는 유서같은 것을 쓸 여유조차 없었다. 20층 건물의 아카데미의 옥상에 올라간 이수혁은 아무 말도 없이 가만히 멍하게 하늘만 보다가 옥상의 난간을 넘어 바닥으로 뛰어내렸다.

뒤에서 뭔가 사람의 목소리가 들린 것 같았지만, 현재 이수혁에게 그런 것은 아무런 의미가 없었다.

'어머니, 아버지 죄송해요. 저 너무 힘들어요.'

여기까지가 이수혁의 뇌리에 남은 마지막 기억이었다. 불쌍한 한 영혼의 마지막이라 할 수 있었다.

하지만 기억은 뇌에만 있는 것은 아니었다. 라이트 소더의 정신력을 가진 칼스타인은 몸에 남아있는 기억의 파편들도 부분적으로 읽을 수 있었다.

그 기억은 바닥에 떨어져 전신 골절에 내장이 터져, 즉사했다 해도 과언이 아닌 이수혁의 몸에 생긴 일들에 관한 기억이었다.

20층 높이에서 일반인이 떨어진다면 즉사가 당연하였다. 마나를 다룰 수 있다면 모를까 이수혁은 높은 잠재력에도 아직 마나를 다루지 못하고 있었기 때문에 일반인이라 할 수 있었다.

그래서 이수혁의 몸이 바닥에 떨어졌을 때, 이수혁의 몸은 시체나 다름없는 상태였다.

그 때 이수혁의 명치 부분에서 기이한 기운이 솟아나더니 몸의 상태를 치유하기 시작했다. 내장파열부터 골절까지 그 기운은 완치까지는 아니지만 생명을 유지하는 데는 지장이 없도록 이수혁의 몸을 치료해 나갔다.

하지만 변수는 이수혁의 마음, 아니 영혼이었다. 이수혁의 영혼은 이미 삶에 대한 의미를 상실한 상태라 몸이 치료가 되기 전에 영혼이 떠나가 버린 것이었다.

보통의 경우에는 영혼과 육체의 끈 때문에 육체가 살아있다면 영혼이 육체를 떠날 수가 없었다.

그러나 이수혁의 경우에는 투신했을 때의 부상이 생명을 잃을 정도의 부상이라 일시적으로 영육의 끈이 끊겨있었고, 이미 삶에 대한 의지를 놓아버린 영혼은 그 때 승천해버렸었다.

그렇게 영혼은 이미 승천해 버린 상태라 뒤에 육체가 치료된다 해도 다시 영육의 끈을 이을 수 없었다.

결국 육체는 살아있는데 영혼이 사라져 버린 상태가 되어버린 것이었다.

'어쩐지 몸은 죽을 상황이 아니었는데 영혼이 없는 것이 이상하더라니… 그럼 이 육체는 내 것이 된 것인가? 그렇다면 내 원래 육체는 어떻게 된 것이지?'

이제 칼스타인의 영혼이 이 몸에 안착했기 때문에 이수혁의 몸은 칼스타인의 몸이라 해도 과언이 아닌 상태였다.

문제는 칼스타인 자신의 원래 몸이었다. 어떻게 자신이 이곳에 온지는 모르겠지만, 자신의 영혼이 이렇게 있다는 것은 원래 몸에는 영혼이 비어있을 것이라는 의미였다.

즉, 자신의 원래 몸은 칼스타인이 오기 전 이수혁의 몸과 같은 상황이라 할 수 있었다.

'그건 그렇고 그 힘은 분명 [신의 흔적]이다. 여기도 신의 흔적이 있었군. 그런데 이 멍청한 녀석은 그 힘을 제대로 쓰지도 못했어. 그 힘만 제대로 활용한다면 일순간에 그랜드마스터급의 마나를 갖출 수 있을 텐데. 쯧쯧.'

이수혁을 살린 그 기이한 마나는 칼스타인이 너무도 잘 아는 마나였다. 일명 신의 흔적이라 불리는 그 마나는 극도로 정련된 정신력으로 풀어낼 수 있다고 하는데, 보통은 죽음의 순간에 발현되었다. 죽음을 눈앞에 뒀을 때 그런 정신력이 발현되는 경우가 많기 때문이었다.

그래서 칼스타인이 있는 헤스티아 대륙에서는 [또 다른 생명]이라는 별칭이 있기도 하였다.

어쨌든 칼스타인 자신도 각성한 신의 흔적을 잘 갈무리 하여 엄청난 마나를 가지게 되었고, 이후 수련을 통해서 그 마나를 자신의 것으로 만들어가며 대륙 최강의 자리 중 하나에 오르게 된 것이었다.

'신의 흔적이 제대로 남아 있다면 이 몸을 단숨에 그랜드마스터급으로 만들 수 있을 텐데….'

신의 흔적은 그랜드마스터 급의 마나를 갖게 해주는 것이지 그랜드마스터로 만들어주는 것은 아니었다.

하지만 이미 그랜드마스터를 능가하는 라이트 소더의 경지에 있는 칼스타인은 마나만 있다면 그랜드마스터가 되는 것에는 아무 문제가 없었다.

'하지만 이 녀석의 몸을 복원하고 유지하느라 지금 이 몸에 남아있는 신의 흔적은 극히 일부밖에 남지 않았군. 그게 아니더라도 이곳의 마나가 원래 있던 곳의 마나와 성질만 같다면 자연의 마나를 대거 흡수해서 회복시킬 수도 있을 텐데…….'

10년간 식물인간의 상태로 있었던 이수혁의 몸은 너무도 쇠약해 있는 상태였다. 아마 신의 흔적에서 나온 잔여 마나가 없었다면 이미 죽었을 지도 모를 몸이라 할 수 있었다.

그래도 칼스타인은 에르하임식 마나연공법의 보명결(保命結)을 통해서 충분히 자연기를 흡수한 뒤 이 몸을 치료할 자신이 있었다.

문제는 지금 이수혁의 몸을 통해 느껴지는 이곳의 마나가 칼스타인이 원래 있던 곳의 마나와 전혀 다른 성질을 갖고 있다는 점이었다.

헤스티아 대륙의 마나는 마치 공기와 같았다. 숨을 쉬고 바람을 맞듯이 너무 자연스럽게 존재하고 느껴지는 마나였다.

하지만 이수혁의 기억에 지구라 불리는 이곳의 마나는 칼스타인이 느끼기에는 마치 물과 같았다. 물속에서 숨을 쉬듯이 너무도 불편하고 거북했고, 움직이려면 마나가 방해를 하는 듯한 느낌까지 받았다.

　이곳의 사람들은 이 물과 같은 마나가 당연한 마나의 성질이라 생각하겠지만, 칼스타인에게는 너무도 불편하고 거북한 느낌이었다.

　아무리 칼스타인이 라이트 소더라 해도 도저히 헤스티아 대륙처럼 마나를 움직일 수 없다는 이야기였다.

　그나마 라이트 소더 정도나 되니 불굴의 정신력으로 억지로나마 소량의 마나를 받아들이고 있는 것이지, 만일 칼스타인이 지금 경지에 오르지 못했다면 이정도의 마나를 받아들이지도 못했을 것이었다.

　'일단 몸의 회복이 가장 중요하다. 지금 몸에 조금 남아있는 신의 흔적으로 바디 체인지부터 해야겠어. 마나는 내가 이곳의 마나에 적응만 한다면 어떻게든 되겠지만, 이 허약한 몸으로는 정말 아무것도 할 수 없겠군. 이 몸의 기억을 보니 이곳에도 몬스터들이 존재하는데 말이야. 그런 괴물들을 상대하려면 이 몸으로는 불가능하겠지.'

　그렇게 결심을 한 칼스타인은 온 몸에 남은 미량의 신의 흔적을 모으고 모은 다음 강제로 바디체인지 즉, 환골탈태를 시작했다.

　만일 신의 흔적이 그대로 남아있다면 환골탈태는 물론이고 상중하단전을 꽉꽉 채우는 엄청난 마나를 소유할 수 있겠지만, 지금으로서는 환골탈태를 하는 것이 전부일 것이다.

단전에 마나를 남긴다 해도 미량에 불과할 것이 자명하였다. 하지만 지금은 몸을 회복하는 것이 우선이었다.

우득~ 우드득~

이수혁의 뼈가 어긋나는 소리가 나며 무술을 배우기 위한 가장 좋은 골격의 모양으로 몸이 바뀌고 있었다.

삐쩍 마른 몸에 살도 붙기 시작했고, 꺼칠꺼칠하던 피부도 뽀송뽀송하게 바뀌어갔다. 그렇게 이수혁의 몸은 정상인, 아니 훌륭한 무도인의 몸으로 바뀌어 갔다.

몇 시간이 흘러 이수혁, 아니 칼스타인의 주위에는 그의 몸에서 나온 악기로 썩은 내가 났다.

악취에 칼스타인은 씻고 싶었지만 강제로 환골탈태를 진행하느라 너무 기력을 소비하였기에 일단 좀 쉬고 싶었다.

원래 몸이라면 며칠 아니 몇 년 동안 잠을 안자도 괜찮을 것이지만, 이 몸으로는 불가능한 일이었다. 그렇게 칼스타인은 잠이 들었다.

이계황제
헌터정복기

2장. 전환

2장. 전환

칼스타인이 잠에서 깨어난 곳은 원래의 몸이 있던 혜
스티아 대륙이었다. 정확히 에르하임의 황궁 칼리움에
있는 비밀의 방, 즉 어제 잠이든 곳이었다.

어제 이른 시간에 잠이든 것 같았는데, 지금은 어스름
해가 떠오르려 하는 새벽인 것을 보니 상당한 시간이 흐
른 듯 해 보였다.

"어?"

잠에서 깬 칼스타인은 그답지 않은 경호성을 내었다.
잠이 들 때만 해도 원래 몸을 걱정하였는데 이렇게 잠에
서 깨어보니 다시 원래 몸으로 돌아왔기 때문이었다.

'어떻게 된 것이지? 이곳의 몸은 그대로 있는 것인가? 아니, 다시 잠을 잔다면 또 그 쪽으로 영혼이 이동하는 것인가? 그렇다면 잠을 안자야 하는 것인가?'

라이트 소더에 오른 만큼 잠을 자지 않는 시간을 극도로 늘릴 수도 있었다. 그랜드마스터만 하더라도 한 달은 잠은 안자도 끄떡없기에 만일 자신이 마음만 먹는다면 1년, 아니 평생 동안 잠을 안자도 충분히 버틸 수 있었다.

물론 그 만큼 신체와 정신의 밸런스는 다소 흐트러지겠지만, 어제와 같은 위험에 처한다면 충분히 고려할 방법이었다.

사실 그가 필요한 수면 시간은 몇 분이면 충분하였다. 일주일에 몇 분 정도의 수면이면 거의 100%의 컨디션을 유지할 수 있는 것이었다.

문제는 그 몇 분의 수면에도 어제와 같은 일이 생긴다면 아예 수면을 중단해야 하는데 그 스트레스와 리스크가 상당하다는 것이었다.

칼스타인의 머리는 복잡해졌다. 왜 자신에게 이런 문제가 생긴 지는 모르겠지만, 일단 문제가 생겼다면 해결부터 하고 그 이유를 찾아야 할 것이었다.

그리고 이런 분야의 전문가는 자신이 아니라 자신의 친구이자 수석마법사인 엘리니크였다.

그렇게 마음을 먹은 칼스타인은 손에 낀 반지에 마나를 주입하여 통신마법을 열었다.

[폐하, 이 시간에 어인 일이십니까?]

아직은 대부분의 사람이 자고 있을 시간이기에 엘리니크의 물음은 당연한 것이었다.

"엘리, 어제 그 방으로 와. 긴히 의논할 말이 있어."

엘리는 그가 황제가 되기 전 친우인 엘리니크를 칭하던 말이었다. 황제가 된 이후 엘리니크가 그를 깍듯이 황제로 모시면서 이 호칭은 거의 사용하지 않았는데, 지금 칼스타인은 엘리라는 호칭으로 그를 불렀다.

바뀐 호칭에 뭔가 심상치 않은 일이 벌어졌음을 느낀 엘리니크는 잠시 멈칫하다 그에게 대답하였다.

[…네, 폐하 지금 바로 그리로 가겠습니다.]

엘리니크가 비밀의 방으로 오는 데는 불과 1분여도 채 걸리지 않았다. 어차피 황실수석마법사라 황궁에 거주하고 있기 때문이었다.

급하게 왔는지 분신과도 같은 수정지팡이도 없이 로브만 챙겨 입고 온 엘리니크는 바로 칼스타인에게 질문을 던졌다.

"폐하. 무슨 일이십니까?"

"그게 말이야…."

엘리니크는 칼스타인이 가장 믿고 신뢰하는 존재였다. 엘리니크에게 비밀을 만들 필요는 없었기에 칼스타인은 거리낌 없이 지금 그의 상태에 대해서 설명하였다.

한참동안 칼스타인의 설명을 들은 엘리니크는 머릿속에서 생각을 가다듬는지 잠시 생각에 빠졌다. 이윽고 생각을 마친 엘리니크는 칼스타인에게 말을 건넸다.

"폐하가 더 잘 아시겠지만, 지금 제가 간단히 마나스캔을 해본 결과 폐하에게는 방금 말씀하신 상황과 관련된 어떠한 마법도 걸려있지 않은 상태이십니다."

이미 자신의 몸은 점검해 보았고, 엘리니크의 마나스캔 또한 느낄 수 있었던 칼스타인은 아무 말 없이 고개를 끄덕였다.

"일단 영구히 수면을 취하지 않는다는 쪽을 생각하는 것은 최후 중에서도 최후의 수단으로 생각하고, 일단 제가 조치를 취해 보겠습니다. 강력한 결계를 펼친 침대를 만들어 어떤 식이든 외부의 마법이 개입할 여지를 막아보려고 합니다."

"음… 외부의 마법이었다면 내가 깨지 않을 이유가 없었는데 말이야."

"그것은…."

칼스타인의 말대로 라이트 소더에 이른 그가 자신의

몸에 피해를 주는 외부의 마법에 아무런 반항도 못하고 당했을 리가 없었다. 하지만 지금 상태에서는 별다른 방법이 없었다.

"후… 일단 그 침대를 만들어 와봐. 거기서 잠을 청해보고 같은 일이 벌어진다면 다시 생각해보지."

"네, 알겠습니다. 폐하."

엘리니크가 다시 비밀의 방에 온 것은 그가 방을 나선 지 이틀만이었다. 그동안 칼스타인은 수면에 들지 않고 명상을 하며 시간을 보내었다.

빈손으로 방에 들어온 엘리니크는 자신의 아공간을 열어서 다소 심플해 보이는 침대를 꺼내었다.

지금 방에 있는 화려한 침대와 비교해보면 초라하다 할만큼 소박한 모양의 침대이지만 이 침대를 만드는데 사용된 비용은 웬만한 영지를 통째로 살 수 있을 정도였다.

침대의 프레임 전체를 마법전도율이 가장 좋다는 진금 골드릴로 하였고 정사각형 형태의 프레임의 네 모서리에는 주먹만 한 최상급 마정석이 박혀 있었다.

거기에 9서클 대마법사가 심혈을 기울여 새긴 마법 결계라면 부르는 것이 값이라 해도 좋을 정도의 대단한 물건이었다.

"폐하, 볼품은 없지만 한번 누워보시겠습니까? 누워서 폐하의 마나만 마법진으로 흘리면 침대에 새긴 결계가 발동하는 방식입니다."

엘리니크의 말에 칼스타인은 침대에 누워 결계를 발동시켰다. 칼스타인의 마나에 침대 프레임에 박힌 네 개의 마정석이 반응하는지 웅웅거리는 소리를 내며 모든 마법적인 그리고 물리적인 침입을 막는 결계가 발동하였다.

"일단 내가 잠에 들어 볼 테니 한번 봐주게."

"네, 폐하."

칼스타인에게 자신의 몸과 정신을 조절하는 것은 문제도 아니기에 잠에 들겠다는 생각을 한 순간 바로 잠에 빠졌다.

그리고 칼스타인의 영혼은 다시 그의 원래 몸에서 사라졌다.

❖

다시 정신이 든 칼스타인은 바로 자신이 있는 곳을 알 수 있었다. 지금 칼스타인의 영혼은 이수혁의 몸에 깃들어 있었다.

'역시 안 되는가? 후우… 일단 여기 상황을 알아봐야

겠군.'

이미 한번 장악한 몸이라 별도의 다른 과정은 필요 없이 칼스타인은 이수혁의 몸을 바로 움직일 수 있었다.

지난 번 이수혁은 10년간의 식물인간 상태로 허약해진 신체라 몸을 움직이는 것도 거의 불가능하였는데, 이제 환골탈태까지 마쳤기 때문에 움직이는 것에는 아무 지장이 없었다.

일단 칼스타인은 마나를 한 번 돌려 몸 상태를 파악한 후, 침상의 바로 앞에 있던 거울을 보며 이제 자신의 몸이 된 이수혁의 몸을 확인하였다.

칼스타인은 이 몸의 겉모습을 처음보는 것이라 잘 모르겠지만, 지금 이수혁의 몸은 칼스타인이 시전 한 환골탈태를 통해서 상당히 바뀌어 있는 상태였다.

정확히 말하자면 그의 영혼에 신체가 일부나마 동기화되어 그 외모조차 칼스타인의 원래 외모와 다소 비슷해진 상태였다.

물론 완전히 다른 외형이었다면 그것이 가능하지 않았을 것이나 환골탈태를 하기 전에도 왠지 둘의 모습은 비슷한 구석이 있었기에 가능했던 일이었다.

'흐음. 이 녀석의 몸은 내 원래 모습과 상당히 비슷한데? 어색하지 않아서 좋군.'

칼스타인은 이수혁의 몸이 바뀐 것에 대해서는 잘 모르고 있었기에 원래 그의 몸이 그랬다고 생각하며 만족해하면서 거울 속 자신의 모습을 이리저리 살펴보았다.

'아. 그렇지. 이곳에는 [카르마 시스템]이라는 것이 있다 했던가?'

이수혁의 기억 속에는 지구에는 카르마 시스템이라는 것이 있다고 하였다.

일정 이상의 마나잠재력이 있는 사람이면 만 18세의 나이가 될 때 일명 카르마 시스템이라는 것에 접속을 할 수 있었다.

그리고 이 카르마 시스템을 통해서 자신의 상태를 확인하는 것은 물론 카르마포인트라는 것으로 마법이나 무공, 마나수련법까지 구매할 수 있다고 하였다.

지금 이수혁의 몸은 만 18세가 훌쩍 넘었기에 충분히 시스템에 접속할 권한이 있었다.

'한 번 확인해 볼까? [시스템 접속]!'

칼스타인이 마음속으로 접속을 외치자 마나에 민감한 자신이 아니라면 알아차리기도 힘든 극미량의 마나가 빠져나가더니 어디론가 그의 앞에 반투명한 창이 떠올랐다.

56 이계황제
헌터정복기 1

[기본정보]

이름 : 이수혁, 등급 : DB, 카르마포인트 : 10/10,

상태 : 정상

[능력정보]

신체능력 : DS, 정신능력 : X(측정불가), 마나능력 :

DD

[기술정보 (타입: 무투형)]

혼원무한신공(SS) 17/92

'호오. 이런 식인가? 그런데 정신능력은 측정불가군.'

영혼의 힘과 관련된 정신능력은 측정불가라 표시되어

있는데 자신이 타 차원의 영혼이라 측정할 수 없어서 그

런지, 아니면 지고한 경지라 할 수 있는 라이트 소더이기

때문에 측정할 수 없는지는 확실하지는 않았다.

어쨌든 능력 등급은 FF부터 SSS까지 있다고 하는데

시스템이 본 이수혁의 몸은 이 정도 수준이었다.

만일, 정기신이 모두 경지를 뛰어넘는 제대로 된 환골

탈태를 하였다면, 충분히 S급의 신체나 마나 등급이 나

왔을 것이나, 지금 칼스타인이 시전 한 환골탈태는 부족

한 마나로 인하여 신체의 회복만을 간신히 도모한 것이

었다.

따라서, 신체에 제대로 된 마나가 깃들여있지 못해 환골탈태를 했음에도 신체등급은 D급에 불과한 것이었다.

그나마 칼스타인이 환골탈태를 시전 했기에 이 정도 상태가 나온 것이지 칼스타인이 이 몸에 들어오기 전이었다면 이 몸은 F만이 가득한 상태창이 나왔을 것이었다.

다만, 이미 신체는 준비되었기에 신체에 걸 맞는 마나만 충원이 된다면 신체 등급 역시 빠르게 올라갈 것이 자명하였다.

'그런데 기술정보에 있는 혼원무한신공은 무슨 의미이지? 기술이라… 내가 이 몸을 얻고 사용한 기술은 에르하임식 마나연공법 뿐인데… 설마, 이곳에도 같은 방식의 마나 연공법이 있다는 것인가?'

거기다가 표시되어 있는 숫자가 17/92이다. 이수혁의 기억 상 각 숫자는 숙련도와 이해도를 의미하는데 앞의 숫자는 숙련도, 뒤의 숫자는 이해도라고 할 수 있었다. 그리고 각 숫자는 100이 되면 완성되는 것이라고 하였다.

다만, 숙련도가 17인 것은 이 몸으로 아직 대주천 한 번 못했기 때문에 칼스타인 역시 충분히 이해할 수 있었으나, 이해도가 92인 것은 도무지 이해가 가지 않았다.

왜냐하면 칼스타인은 이미 에르하임식 마나연공법의 극의를 본 상태였기 때문이었다.

'뭐지? 혼원무한신공과 에르하임식 마나연공법이 다른 것인가? 아니면… 그렇군, 혼원무한신공의 완성을 100으로 보면 에르하임식 마나연공법에는 빠진 것이 있다는 것이군. 흥미로운데?'

라이트 소더의 경지까지 오르긴 하였지만 칼스타인은 자신이 가진 무공의 근간이라 할 수 있는 에르하임식 마나연공법에 빠진 내용이 있다는 사실에 흥미를 느꼈다.

이미 빠진 그대로 완성하였고 그로 인해 라이트 소더까지 되었기에, 빠진 부분을 채운다 하더라도 성장에 큰 도움이 되지 않을 수도 있었지만, 그 내용에 대한 궁금증은 있었다.

하지만 지금 당장 그 궁금증을 풀 수 있는 상황은 아니었기에 칼스타인은 궁금증을 머릿속 한켠으로 밀어넣고 시스템의 다른 부분을 살피기 시작했다.

'이번에는 [상점 오픈].'

그 말과 동시에 전방에 상태창은 사라지고 수천 개의 목록이 가득 차 있는 화면이 나타났다. 화면의 옆에 화살표가 있는 것이 아래로 더 많은 목록이 있는 것 같았다.

지금 칼스타인이 언급하는 상점은 상태창에 나와 있는 카르마 포인트를 사용해서 이능을 구매하는 상점이었다.

상점의 목록에는 옆에 숫자가 명시되어 있었는데 이것이 이 능력을 구매하는데 쓰이는 포인트라는 것을 알 수 있었다.

그리고 이 목록의 소모 포인트 중 가장 큰 것이 10인 것으로 보아 목록은 지금 칼스타인이 획득한 카르마포인트를 기준으로 목록을 보여준다는 것 또한 알 수 있었다.

'기억 속에 있는 것과는 조금 다르군.'

자살하기 전의 이수혁은 직접 카르마 시스템에 접속해 본 적이 없었기에 그의 기억 속에 있는 정보는 인터넷이나 책자로 얻은 정보가 전부였다.

그렇기 때문에 지금 칼스타인이 실제 시스템에 접속해서 확인한 것과 그의 기억과는 다소 차이가 있었다.

각 능력의 이름에는 간단한 설명들이 달려 있었는데 어차피 하급의 능력이 그런지 설명만을 보고 지금 당장 구매할 능력이 보이지 않았다.

잠시간 다른 기능들을 좀 더 살피던 칼스타인은 시스템에 대한 개략적인 파악을 마치고 접속을 해지하였는데, 그 때 지금까지 신경 쓰지 않았던 악취가 칼스타인의 코에 느껴지기 시작했다.

칼스타인의 주변에는 지난 번 그가 환골탈태를 하면서 남긴 악기가 남아 있어 상당한 악취가 흐르는 상태였다.

잠시 상태를 살피고 카르마 시스템을 확인해 본다고 그 냄새를 의식하지 않았는데, 시스템 접속을 푼 순간 악취가 의식되며 냄새가 느껴진 것이었다.

이계황제
헌터정복기

3장. 가족

3장. 가족

'이틀이나 지났을 텐데 이런 것도 치워주지 않는가?'

칼스타인은 헤스티아 대륙에서 이틀을 보냈기에 당연히 이곳도 이틀이 지났을 것이라 생각하고 있었다.

이수혁의 기억 속에 병원이라는 곳은 매일매일 환자를 관리해주는 곳으로 알고 있었는데, 이곳은 그렇지 않은 것 같았다.

그렇게 악취에 불쾌해진 칼스타인이 눈을 뜨고 자리에서 일어나려 하는 순간, 자신의 병실로 많은 사람들이 오는 기척이 느껴졌다.

'음? 이제 온다는 것은 여기서 시간이 얼마 지나지

않았다는 말인가?'

지금 사람들의 보여주는 다급한 기운은 마치 이제야 자신의 상태를 확인 한 것과도 같은 모습이었다.

'흐음. 시간의 흐름이 다른 것인가? 돌아가면 파악해 봐야겠군.'

일단 다가오는 사람들에게서 적대감은 느껴지지 않았기에 칼스타인은 아직 정신을 차리지 못한 것처럼 다시 자리에 누워 눈을 감았다.

벌컥~!

우르르르~

흰 가운을 입은 세 명의 의사와 파란 유니폼을 입은 두 명의 간호사가 허겁지겁 칼스타인의 병실로 들어왔다.

그들은 이수혁의 상태를 보자마자 경악하는 표정으로 경호성을 내었다.

"헉!"

"어… 어떻게…."

"이럴 수가…."

10년이라는 긴 시간동안 뼈만 남은 식물인간 상태로 있던 이수혁의 몸이 건장한 청년의 모습이 되어 있었다. 너무도 뜻밖의 일에 의사들은 서로를 바라보며 환자가 맞는지 확인하기 시작했다.

"이 환자가 이수혁 환자 맞는가요?"

"그러게 말입니다. 얼굴도 조금 다른 것 같은데…."

"그렇지만, 저기 팔에 달린 인식표를 보면 확실히 이수혁 환자가 맞습니다. 저 인식표는 파손되거나 하면 자동 인식될 것인데 어제 그런 일도 없었구요."

의사들은 이수혁의 몸을 바라보며 무슨 일이 일어났는지에 대해서 난상토론을 벌이고 있었는데, 뒤에 있던 한 간호사가 그런 의사들을 바라보다 주저주저하며 말을 꺼냈다.

"저기… 각성을 한 게 아닐까요?"

각성이라는 말이 나오자 의사들은 그제야 알겠다는 듯 고개를 주억거리며 말했다.

"그렇군! 각성이야! 각성을 한 것이었군."

"각성을 하면 이렇게 몸이 바뀌기도 하는가?"

"그럼, 어떤 사람은 몸을 강철로 바꿀 수도 있다는데 이런 변화는 아무것도 아닐 수 있지."

그렇게 이야기를 나누던 의사 중 한명이 처음 각성이라는 말을 꺼냈던 간호사를 돌아보며 물었다.

"그런데 김간호사는 어떻게 각성이라는 것을 알았나?"

"아, 친구 중에 능력자 전용 병원으로 들어간 친구가 있어서 종종 이야기를 들은 것이 있었습니다."

"그렇구만. 어쨌든 저 친구로서는 축하할 일이야. 조만간에 정신을 차릴 테니 주의 깊게 살펴보고 보호자에게 연락하여 이 상황을 알려주게나."

간호사에게 말을 마친 의사는 칼스타인의 몸에서 나오는 악취에 코를 잡더니 옆에 의사에게 물었다.

"그런데 각성할 때 원래 저런 악취가 나는 건가? 이거 참 참기 힘든 악취로군."

"그러게 말이야. 나도 각성에 대해서는 잘 몰라서 모르겠구만. 어쨌든 김간호사, 어서 저 침구류도 갈고, 환자 옷도 갈아입혀 주시게나."

"네, 알겠습니다."

의사들이 나가고 간호사의 지시를 받은 남자 간호조무사가 새로이 들어와서 이수혁의 옷을 갈아입히려 할 때 이수혁의 눈이 번쩍 떠지며 그가 입을 열었다.

"제가 할 테니 두시죠."

"아. 일어나셨군요."

"네, 그렇습니다. 일단 두고 가시면 제가 갈아입겠습니다."

"알겠습니다."

이수혁의 기억을 가지고 있는 칼스타인은 자연스럽게 한국어를 하며 남자 간호사에게 반 존댓말을 하였다.

그것은 지금 자신이 다른 세계에 있어서기도 하였지만 본질적인 이유는 그것이 아니었다.

만일 자신이 헤스티아 대륙에 있는 본신의 능력을 갖고 이 세계로 온 것이라면 충분히 황제의 위엄을 보일 수 있을 것이나, 지금 칼스타인은 약하디 약한 이수혁의 몸에 들어가 있는 상태였다.

위엄은 힘에서 나오는 것인데 칼스타인은 지금 이 몸으로는 그런 위엄을 보일 자격이 없다 생각했기 때문에 칼스타인은 자연스럽게 스스로를 낮추고 있었다.

과거 전쟁에서 패한 몰락 귀족 출신으로 노예생활부터 용병 일까지 해본 칼스타인은 오래된 귀족이나 왕족들이 갖고 있는 불필요한 권위의식 따위는 없었다.

지금은 황제의 자리에 있었지만 필요하다면 얼마든지 고개를 숙일 수 있는 자세가 되어 있었고, 현재 그의 몸 상태로는 고개를 숙여야 할 때였다.

칼스타인에게 옷은 건네 준 간호조무사는 다시 의사에게 연락을 하기 위해 병실을 나섰고, 옷을 들고 세면장으로 들어간 칼스타인은 샤워를 하며 생각을 정리해 나갔다.

'일단 잠을 자면 다른 곳을 이동하는 것 같군. 첫 번째 생각했던 문제는 이동한 동안의 비어있는 몸이었는데,

이틀이나 헤스티아에 있었는데 지금의 상황을 보니 시간이 얼마 지나지 않은 것 같군. 시간 문제는 돌아가 보면 확실히 알 수 있을 것 같고….'

만일 헤스티아 대륙으로 귀환하였는데도 얼마의 시간이 흐르지 않았다면, 칼스타인은 이동한 동안 다른 차원의 시간은 멈춰 있거나 아주 느리게 흐른다는 가설을 받아들일 수 있을 것 같았다.

그 가설이 맞는다면 일단 그가 고민했던 비어있는 몸에 대한 걱정을 덜 수 있을 것이었다.

'두 번째 문제가 이 이수혁이란 녀석의 몸인데, 어떻게 해야 하려나? 만일 이 약해진 몸에서 내가 치명상을 입어 죽게 된다면 내 영혼은 다시 헤스티아로 돌아갈 수 있으려나? 그렇다면 문제가 없지만, 돌아가지 못한다면 이 몸 역시 원래의 몸 정도까지 단련할 필요, 아니 반드시 단련해야겠군.'

칼스타인의 말처럼 이수혁의 몸으로 죽었을 때 본신의 몸으로 돌아간다면 별 다른 문제가 될 것은 없었다. 하지만 그렇게 된다는 보장은 어디에도 없었다.

결국 칼스타인은 이수혁의 몸 또한 최소한 자신의 몸을 지킬 수 있을 정도로 단련할 필요가 있었다.

현재 비록 환골탈태는 하였지만 이수혁의 상태는 칼스

타인의 기준으로 너무나 약하고 약한 상태였다.

몸이야 그나마 환골탈태를 해서 나쁘지 않았으나, 마나의 수준은 너무도 미약해 무한의 마나를 펑펑 써대던 칼스타인에게는 숨이 막힐 것 같은 답답함을 주었다.

더군다나 성질이 다른 이곳의 마나는 칼스타인이 빠른 속도로 본신의 힘을 되찾는 것까지 방해를 하고 있어 그 답답함은 더 컸다.

샤워를 하고 옷을 갈아입고 나온 이수혁을 맞은 것은 의사들이 아니라 병원의 연락을 받고 달려온 이수혁의 어머니 박정아였다.

"수혁아!"

박정아는 다소 달라진 이수혁의 외모에 잠시간 의아함을 느꼈으나, 찬찬히 칼스타인의 얼굴을 살펴본 뒤 이수혁 임을 확신하자 칼스타인을 끌어안고 오열을 하며 울었다.

이미 이수혁의 인생을 다 본 칼스타인은 박정아 역시 잘 알고 있었다. 그리고 그녀의 반응을 통해 지금의 상황도 충분히 이해할 수 있었기에 내리고 있던 손을 들어 같이 그녀를 끌어안아 주었다.

이수혁의 손길에 박정아는 더 통곡을 하며 울면서 말했다.

"흑흑흑… 수혁아, 미안하다, 흑흑… 미안해….."

"전 괜찮아요. 어머니."

이수혁의 몸을 하고 있었기에 어머니라는 말을 덧붙였지만, 박정아와 다른 쪽을 바라보는 칼스타인은 눈은 차갑게 빛나고 있었다.

누가 보더라도 10년만에 식물인간에서 깨어나 어머니와 상봉을 한 아들의 눈빛은 아니었다.

칼스타인이 이수혁의 기억을 갖고 있긴 하였지만, 박정아는 이수혁의 어머니였지 칼스타인의 어머니는 아니었기 때문이었다.

❖

칼스타인이 들어오면서 정신을 차렸기에 더 이상 이수혁은 병원에 있을 필요가 없었다. 그렇게 병원 생활을 청산한 칼스타인은 박정아와 함께 그녀의 집으로 향했다.

박정아는 생활이 곤궁했는지 차도 없었기에 둘은 병원에서 택시를 타고 가는 길이었다.

박정아는 칼스타인이 자신의 아들이라 여기고 있기에 10년의 공백기 동안에 있었던 이런 저런 일들에 대해서 집으로 가는 내내 알려주었고, 칼스타인 역시 필요한 정보라 여겼기에 박정아의 말을 경청하고 있었다.

한참 동안 이어지던 박정아의 말이 잠시 끊길 때, 칼스타인이 놓치지 않고 박정아에게 질문을 던졌다. 궁금했던 점이 있었기 때문이었다.

"어머니, 그런데 아버지는 왜 안 오셨나요?"

이수혁의 기억 상으로는 아버지 이철주와 어머니 박정아가 모두 건강하게 살아있었다. 특히 이철주는 C급 헌터로 이 세계 기준으로 나쁘지 않은, 아니 상당한 능력을 가진 능력자였다.

이철주 역시 자식 사랑이 지극했기에 10년 만에 식물인간에서 깨어난 이수혁을 만나러 오지 않을 리가 없었다.

이수혁의 질문에 박정아는 선뜻 대답을 못하고 머뭇거렸다. 그래서 칼스타인은 다시 물었다.

"혹시 몬스터 홀에 들어가신 건가요?"

몬스터 홀에 들어간다면 그 규모에 따라서 몇 달까지도 홀에서 나오지 못하는 경우가 있었기에 덧붙인 질문이었다.

하지만 박정아의 표정으로 보아선 답이 나왔다. 이어지는 칼스타인의 질문에 무언가 결심을 굳힌 표정을 지은 박정아는 나지막이 입을 열었다. 그러나 흘러나오는 울음까지는 참지 못하였다.

"수혁아… 아버지는… 삼 년 전에… 돌아가셨어… 흐흐흑….'"

박정아는 울음을 참기 위해서 이를 악물고 이야기를 하였지만 말끝에 터져 나오는 울음까지는 참을 수가 없었다.

"…그렇군요. 혹시 사인은 어떻게 되었는지요?"

만일 이철주의 죽음에 복수 등이 엮여 있다면 자신이 박정아에게 잠시 몸을 의탁하는 것이 더 위험할 수 있기에 던진 질문이었다. 아직은 몸이 미약하기 그지없는 상태이기 때문이었다.

칼스타인이 담담한 태도로 반문을 하자 박정아 역시 어느 정도는 안정을 찾았는지 그녀 역시 조용히 그 날의 일에 대해서 알려주었다.

"아버지는 말이다….'"

박정아는 한참동안 이철주의 죽음에 대해서 칼스타인에게 설명하였다.

아들이 충격을 받을까 싶어 말을 고르는 모습이 역력히 드러났다. 하지만 칼스타인에게는 전혀 의미가 없는 배려였다.

어쨌든 박정아가 말하는 이철주의 사인은 칼스타인이 걱정하는 대로 복수 등에 엮이지는 않은 것 같았다. B급 몬스터 홀에 들어갔다가 몬스터에게 죽임을 당한,

헌터에게는 흔하디 흔한 죽음이었다.

"그랬군요… 알겠습니다."

그렇게 말하며 슬픈 기색을 보인 칼스타인은 내심 고개를 끄덕였다.

'일단 적응하고 힘을 찾을 때까지 이 여자의 집에서 몸을 의탁해야겠군.'

얼마의 시간이 지났을까 어느 산동네 아래에서 택시가 멈추어 섰다.

"삼만칠천 원입니다."

택시기사의 말에 박정아는 품속에서 꼬깃꼬깃한 돈을 꺼내어 기사에게 건네주었다.

택시를 내려서도 둘은 한참을 걸어 올라가야 했다. 박정아가 살고 있는 곳은 차량이 집 앞까지 갈 수 있는 곳이 아니었기 때문이었다.

"수혁아. 깨어나자마자 이런 고생을 하게 해서 미안해."

"아니에요. 어머니. 그런데 어쩌다가 이런 곳까지 오시게 된 거에요? 예…전 집은 서울이었었잖아요."

현재 박정아의 집은 통일 한국의 개성시에 있었는데, 그 개성시에서도 박정아는 판자촌이라 할 수 있는 산동네에 월셋방을 갖고 있었다.

과거 이수혁의 기억에서 그의 집은 서울에 있었고 아버지 이철주는 헌터라는 직업답게 서울에서도 생활수준이 상당히 괜찮은 편에 속하였다.

　　C급의 헌터라면 상급 헌터라 할 수는 아니지만 한 번의 벽을 넘어 제 몫을 하는 중견급 헌터였다. 보통 삼천만원이상의 월 수익을 올리기에 그 생활수준이 나쁠 리가 없었다.

　　"그… 그게… 아버지께서 돌아가시면서… 수입이 끊기다보니… 게다가 네 병원비도 만만치 않아서 결국 이리로 오게 되었어. 미안해…."

　　하지만 박정아의 말대로 이철주가 죽었다면 이야기가 다를 것이었다.

　　주부로만 생활하던 평범한 일반인 박정아가 벌 수 있는 돈은 뻔했고, 그 돈으로는 이수혁의 병원비와 서울의 생활비를 감당하기는 힘들었을 것이었다.

　　비싼 수도권 쉘터의 거주비용을 견디기 힘들었을 것이고, 밀리고 밀려서 아마 이곳까지 왔을 것이었다.

　　끼이익~!

　　녹슨 철문을 열고 집으로 돌아온 박정아는 칼스타인은 쪽 방 안에 두고 자신은 그 쪽방에 붙은 부엌으로 가서 서둘러 요리를 시작했다.

얼마나 시간이 지났을까, 박정아는 조그마한 세 발 식탁을 하나 들고 방 안으로 들어섰다. 그 식탁에는 김치찌개 한 냄비와 쌀밥 두 그릇이 김을 모락모락 내뿜고 있었다.

"차린 건 없지만… 수혁이 네가 좋아하던 김치찌개야. 많이 먹으렴… 다른 반찬이 없어서 미안하다….."

박정아는 지금의 집안 상황이 이것 밖에 안 되는 것에 계속 칼스타인에게 사과를 하였다.

거듭되는 그녀의 말에 칼스타인은 묘한 기분을 느끼면서 김치찌개 한 숟갈을 떠먹었다.

"맛있네요. …어머니."

"그래? 다행이구나…."

칼스타인의 말에 눈물이 그렁그렁한 박정아는 그 눈물을 감추려고 하는지 다시 또 이런 저런 이야기를 꺼내었다.

그렇게 식사를 마친 칼스타인은 박정아에게 지난 생활에 대해서 이야기를 듣다가 슬쩍 잠이 들고 말았다. 아무래도 아직 약해진 이수혁의 몸으로는 수마를 이기기 힘들었기 때문이었다.

눈을 뜬 칼스타인은 자신이 엘리니크가 만든 특수한 침대 위에 있음을 알 수 있었다. 다시 마나를 주입해 결계의 작동을 중단하고 상체를 일으키자 옆에 있던 엘리니크가 칼스타인에게 물었다.

"폐하, 안 주무십니까?"

"자고 일어난 거야."

"네? 지금 눕자마자 일어나셨습니다만…."

엘리니크는 결계를 작동하자마자 결계의 작동을 멈추고 나온 칼스타인에게 의아해하며 물었다.

하지만 칼스타인은 잠들기 전과 후의 머리맡에 둔 시계를 확인하였기에 확신하며 말했다.

"영혼이동을 한 동안 다른 곳의 시간은 가지 않더군."

저번의 수면 때는 원래 몸으로 돌아왔을 때 반드시 일어나야겠다는 생각을 하지 않아, 원래 몸으로 돌아와서도 잠에서 깨지 않고 계속 수면을 취했었다.

그러나 이번 수면에 들어갈 때에는 바로 잠에서 깨야겠다는 생각을 하고 잠이 들었기 때문에 원래 몸으로 돌아오자마자 바로 잠에서 깰 수 있었고, 그 결과 시간이 흐르지 않았음을 파악할 수 있었다.

칼스타인의 설명을 들은 엘리니크는 고개를 끄덕이더니 입을 열었다.

"그렇다면 폐하의 첫 번째 우려였던 영혼이동을 한 동안 다른 몸의 상태에 대해서는 걱정할 필요가 없을 것 같습니다. 문제는 이 영혼이동을 결계로도 막을 수 없다면 두 번째 문제에 대해서 더 생각해봐야 하겠군요."

두 번째 문제라는 것은 지구에 있는 이수혁의 몸에서 칼스타인이 죽는다면 과연 영혼이 헤스티아로 돌아올 수 있을지에 대한 문제였다.

이 문제는 이수혁의 몸에서 죽기 전까지는 확인해 볼 수도 없는 문제라 일단은 최악의 상황을 가정해야했다.

"어차피 지금 바로 생명에 위협이 되는 상황은 아니니 일단은 지구라는 곳에서 생활을 하며 신체를 단련해봐야 겠어."

"네? 해결방법을 찾으실 때까지 당분간 수면을 피하시는 것이 낫지 않겠습니까?"

"그 생각을 안 한 것은 아닌데, 지구에는 흥미로운 것들이 있더군."

칼스타인은 자신이 경험한 카르마 시스템에 대해서 엘리니크에게 설명하였다. 그리고 에르하임식 마나연공법이 혼원무한신공이라는 이름으로 바뀌어 있었다는 사실도 함께 이야기 하였다.

"말씀하신 그런 것이라면… 신이나 행할 수 있는 이적(異蹟)이라 할 수 있겠군요."

엘리니크 역시 9서클의 마법사이기에 칼스타인이 말할 것과 같은 시스템을 전 마나사용자에게 심어준다는 것은 불가능하다는 사실을 잘 알고 있었다.

궁극의 마법사라 불리는 마도황국의 10서클 마법사 라피스 원주조차도 그런 이적은 불가능 할 것이었다.

"그래, 그래서 일단은 지구에서 수련하면서 카르마 상점에서 혼원무한신공이라는 획득하는 것을 목표로 해야겠어. 그리고 그 지구라는 곳의 마나를 겪어보니 지금까지 내가 알던 마나가 마나의 전부가 아니라는 것을 알겠더군. 마나라는 것 자체에 대해서 다시 생각할 여지가 있었어. 어쩌면 그를 통해 막혀 있던 벽을 뚫을 수 있을지도 모르겠어."

사실 칼스타인이 지구에 가려는 이유는 전자 보다는 후자에 더 무게감을 두고 있었다. 혼원무한신공이 에르하임식 마나연공법의 원형이라 하더라도 어차피 라이트소더의 경지에 오른 칼스타인에게는 그 원형이 크게 중요치 않았다.

하지만 마나에 대한 새로운 관점과 경험은 지금 막혀

있는 경지를 올라갈 수 있는 주요한 단초가 될 수 있을 것이라는 직관적인 생각이 들었다.

"그러시군요. 일단 저도 제 나름의 차원이동에 대한 정보를 수집해서, 폐하께 도움이 되는 방안을 찾아보겠습니다."

"음? 엘리니크, 반대 안 하는 거야?"

보통 칼스타인이 위험한 일을 하려고 하면 언제나 반대의견부터 펼쳤던 엘리니크였기에 칼스타인은 그가 이렇게 순순히 자신의 말을 받아들이는 것이 의아했다.

"무(武)에 대한 폐하의 열망이 얼마나 강한지 알고 있는데, 어찌 제가 감히 그 길을 막겠습니까? 제가 할 수 있는 한에서 폐하를 도울 길을 찾을 뿐이지요."

역시 엘리니크였다. 엘리니크는 칼스타인의 생각을 제대로 이해하고 있었다.

"하하. 역시, 이래서 내가 널 좋아한다니까. 하하하."

칼스타인의 말에 엘리니크는 빙그레 웃으며 말했다.

"절 좋아해주시는 것은 감사드릴 일이지만, 저는 아르피나가 있습니다. 그리고 폐하께서도 이제 후사를 준비하시는 것이 어떠시겠습니까?"

"아. 또 그 소리야? 아직은 관심 없다니까?"

칼스타인 역시 혈기 왕성한 남성이었기에 오는 여자를

마다하지는 않았다. 하지만, 그 오는 여자들은 대부분 과거에는 용병대장, 지금은 황제라는 자신의 지위를 보고 접근하는 여성들이었다.

그런 여성들과 서로 즐기며 한두 차례 몸을 섞는 것은 칼스타인 역시 거부하지 않았지만, 그녀들과 평생을 함께 할 생각은 없었다.

과거 자신의 아버지와 어머니가 그랬듯이 칼스타인은 결혼은 서로의 영혼이 통하는 느낌을 주는 그런 여성과 하고 싶었다.

어쩌면 자리에 어울리지 않는 낭만주의적인 여성관이었지만, 이미 라이트 소더에 올라 늙지도 않고 젊은 모습으로 다른 사람들보다 몇 배의 시간을 보낼 수 있는 칼스타인이었기에 무리한 생각이라 할 수는 없었다.

어쨌든 칼스타인은 엘리니크의 이런 말을 처음 들은 것이 아니었기에 손사례를 치면서 다시 한 번 거부의 의사를 밝혔으나, 오늘 엘리니크의 생각은 다른 것 같았다.

"평소라면 폐하께서 아직 보령이 그리 많지 않으시니 넘어가겠으나, 지금은 상황이 상황이지 않습니까? 그 지구라는 곳에서 돌아오지 못하신다면 이 제국은 말 그대로 풍비박산이 나고 말 것입니다."

아직 제국의 기틀을 잡은 지 10년도 채 되지 않는 상황에서 제국의 정점이라 할 수 있는 칼스타인이 사라진다면 엘리니크의 말처럼 될 가능성이 높았다.

만일 황후나 태자라도 있으면, 어떻게든 제국을 이끌어 갈 수 있을 것이지만, 지금의 제국은 칼스타인에게 모든 권력이 집중되어 있는 상태이기 때문에 아무리 엘리니크가 있다 해도 결국 제국은 수개의 작은 왕국으로 쪼개어지고 말 것이었다.

그제야 칼스타인 역시 상황의 심각성을 깨달았는지 자신의 턱을 한 차례 쓰다듬더니 엘리니크에게 말했다.

"흐음… 그렇겠지… 그래, 알겠어. 엘리. 네 말을 적극적으로 검토해보지."

"성은이 망극하옵니다. 폐하. 그럼 일단 회의를 소집할까요?"

적극적인 동의까지는 아니었지만, 이 정도 말이라도 들은 것에 만족하는지 엘리니크는 더 이상 이 일에 대해서 언급하지 않고 말을 돌렸다.

엘리니크의 태도에 쓴 웃음을 짓던 칼스타인은 잠시 생각하더니 말을 이었다.

"음, 회의는 좀 더 미뤄보자. 일단 지구에 있는 몸을 최소한이라도 단련해 놓지 않으면 찜찜할 것 같아. 어차피 잠은 금방 들었다가 깰 수 있으니 시간은 얼마 걸리지 않을 거야. 찝찝한 기운만 해결하고, 정무를 보도록 하지."

지금도 지구에서는 하루가 지났지만, 이곳 헤스티아 대륙에서는 잠시의 시간도 흐르지 않았다.

자신이 원하는 대로 잠을 자고 깨어날 수 있는 칼스타인에게는 지구에서 십년을 살아도 이곳에서는 한 시간도 지나지 않게 할 수 있다는 의미였다.

"원하시는 대로 하시옵소서."

엘리니크 역시 그 상황과 칼스타인의 성정을 잘 알고 있기에 크게 반대하지 않았다. 그런 엘리니크의 말을 들은 칼스타인은 슬쩍 웃더니 다시 침대에 누워 눈을 붙였다.

잠에서 깨어난 칼스타인은 박정아가 그의 가슴에 머리를 대고 잠이든 것을 확인할 수 있었다. 아들이라 여기고 있는 이수혁을 바라보다가 스르륵 잠이든 것이었다.

그녀를 조심스레 자리에 눕힌 칼스타인은 조용히 밖으로 나와 옥상으로 올라갔다.

아직 해가 뜨지 않은 새벽시간이라 주변은 깜깜하였는데, 칼스타인은 어둠에 구애받지 않고 자연스러운 동작으로 옥상의 가운데에 앉아서 가부좌를 틀었다.

헤스티아에서는 언제 어디서든 자유로이 마나를 다룰 수 있었는데, 지구의 마나는 아직 익숙하지 않았기에 의념을 집중하기 위해서 가부좌의 자세를 취한 것이었다.

그렇게 가부좌를 튼 칼스타인은 서서히 관조 상태로 들어가더니 자신의 주위를 맴도는 마나를 내부로 끌어들이며 서서히 대주천을 시작하였다.

아직은 불편하고 어색한 느낌이었지만 그래도 처음보다는 많이 나아진 상황이었다.

얼마의 시간이 지났을까 무아지경에서 수차례의 대주천을 행하던 칼스타인이었는데, 갑작스러운 요란한 싸이렌 소리에 무아지경에서 깨어나고 말았다.

왜애애애앵~ 왜애애애앵~

"몬스터 출현 경고입니다. 몬스터 출현 경고입니다. 개성 121 구역에 사는 거주자들은 신속하게 인근 대피소로 대피하여 주시기 바랍니다. 다시 한 번 말씀드립니다. 개성 121 구역에 사는 거주자들은 신속하게 인근 대피소로 대피하여 주시기 바랍니다."

'옐로우 존이라 그런지 몬스터가 등장하는 군.'

이수혁의 기억에 지구인들은 지역을 몬스터의 출현도에 따라서 크게 그린존, 옐로우존, 오렌지존, 레드존으로 분류하였다.

간단하게 보면 그린존은 안전지대, 옐로우존은 준안전지대, 오렌지존은 준위험지대, 레드존은 위험지대라 할 수 있었다.

일단 간단하게 구역별 특성을 말하자면, 그린존에는 몬스터홀은 나오더라도 몬스터들은 나오지 않았다. 나온 몬스터 홀 역시 정부소속의 마물대응부에서 곧바로 해결해 주었다.

반면 옐로우존은 간혹 경계를 뚫고 온 몬스터들이 나타나는 경우가 있었고, 몬스터 홀의 처리에도 시간이 걸리는 편이었다. 운이 나쁘면 홀이 오픈되는 경우도 있어서 안전한 거주지라 할 수는 없었다.

그리고 오렌지존은 몬스터를 조우할 확률이 상당히 높아 사람이 거주하기는 힘든 곳이며 단순 도로 정도로 이용하는 곳이었다. 마지막 레드존은 언제 몬스터의 습격을 받아도 이상하지 않은 곳으로 일반인의 출입을 금하는 지역을 의미하였다.

세부적으로 들어가면 블루 존이니 화이트존이니 블랙존이니 다양한 구분들이 있었지만, 모두가 앞에 언급했던 네 가지 카테고리 안에 들어가는 구역들이었다.

지금 칼스타인과 박정아가 살고 있는 개성 121구역은 개성의 외각으로 옐로우존에 들어가는 지역이었다.

자신 혼자라면 그 몬스터라는 것을 확인해보고 헤스티아 대륙의 마물과 비교해보고 싶었지만, 행여 박정아가 마물에 당한다면 이 세상에서 순조롭게 자리 잡는 계획에 차질을 겪을 수도 있었기에 칼스타인은 잠에서 깨어난 그녀를 데리고 인근 대피소로 이동하였다.

이계 황제
헌터정복기

4장. 어머니

4장. 어머니

　　대피소 안은 수많은 사람들로 북적였다. 족히 수천 명
은 될 것 같은 인원이었는데, 이런 일을 한두 번 겪은 것
이 아닌지 사람들의 얼굴은 다급함 보다는 약간의 귀찮
음과 짜증이 묻어있었다.

　　"여어, 박씨. 여기가 이번에 깨어났다는 아들인가 보군
요."

　　"아. 네. 수혁아 인사드리렴. 저 위 파란 지붕에 사시는
김영감님이셔."

　　김영감이라 불린 남자는 70대 반대머리 노인으로 런닝
셔츠만 입고 대피소로 들어온 상태였다.

"안녕하세요. 이수혁이라고 합니다."

"허허. 그 놈 참 잘생겼다. 박씨, 아니 너희 어머니 말이다. 정말 고생 많이 했어. 네 병원비 댄다고 말이야. 네가 정말 잘해줘야 할 거야."

김영감의 말에 박정아는 당황하였는지 그의 말을 끊고 말을 건넸다.

"아이. 영감님도 참. 수혁이 부담되게 뭐 그런 소리까지 하세요."

"허어. 할 이야기는 해야지. 동네 주민들이 다 알고 있잖아. 박씨 고생한 거 말이야. 다른 사람보다 두 배는 더 일하면서 번 돈의 대부분을 병원비로 털어 넣었으니 원…."

김영감이 말이 끝나기가 무섭게 옆에 있던 더벅머리의 중년인이 그의 말을 받았다.

"그렇지, 그렇지. 사실 다른 사람들은 널 포기하라고 하기도 했어. 희망이 없다고 말이야. 말이 10년이지, 10년 동안 식물인간 상태로 있다가 깨어난 전례가 거의 없었으니 밑 빠진 독에 물 그만 부으라는 말도 많이 했지."

그의 말에 김영감이 말 할 때와 다르게 박정아는 날을 세운 목소리로 지금 말하는 남자를 불렀다.

"최씨 아저씨! 할 말 못할 말 구분해주세요!"

"어… 어… 내가 또 말실수를 했나보군. 미안하우, 박씨."

최씨는 박정아가 화를 내는 모습을 보이자 머리를 긁적거리면서 빠르게 인파 속으로 사라졌다.

그 모습에 김영감은 예의 그 허허 거리는 웃음을 지으며 그녀에게 말했다.

"허허. 박씨, 최씨가 저렇게 말해도 악의는 없는 걸 잘 알잖는가. 자네도 너무 기분 나쁘게 생각하지 말게."

"휴… 네, 영감님. 그래도 아이도 있는데 할 말 못할 말은 구분해야지…."

박정아는 칼스타인이 듣지 못하게 작은 소리로 김영감과 이야기를 나누었다. 하지만 마나를 다룰 수 있는 칼스타인은 누구보다도 선명하게 둘의 말을 들을 수 있었다.

'뭐, 당연한 일이었겠지.'

이수혁의 기억 속에 있는 상식으로는 10년간의 식물인간이라면 이미 죽었다고 해도 과한 말이 아닌 상태였다. 그런 이수혁을 10년간 뒷수발을 했다면 보통의 일은 아닌 것이 맞았다.

하지만, 그 대상은 이수혁이지 칼스타인이 아니었기에 칼스타인에게 다가오는 감흥은 그리 크지 않았다.

다만, 그녀의 그런 행동에 대한 이야기는, 과거 칼스타인이 어릴적 그의 어머니에게 느낀 모성애에 대한 기억을 떠올리게 해주었다.

칼슈타인이 10살 무렵 전쟁에서 패한 에르하임 백작가는, 가문의 성인남자들은 모두 처형을 당했고 어머니와 누나는 적국의 성노리개가 되고 말았다.

당시 10살 밖에 되지 않았던 칼스타인은 처형을 당하는 대신에 낙인이 찍힌 노예가 되었고, 8살의 여동생은 성노리개가 되는 교육을 받는 등 그야말로 절망적인 상황이었다.

그 때 칼스타인의 어머니가 노예장의 성노가 되어 그의 환심을 산 뒤, 열쇠를 빼내어 칼스타인을 수용소에서 탈출시켰었다. 그런 어머니의 마지막 말이 미안하다였다.

어머니 자신은 아무 잘못을 하지 않았지만, 칼스타인이 그런 상황에 놓이게 한 것에 대한 미안함이었다. 결국 그 말을 마지막으로 그녀는 노예장에게 맞아 죽고 말았다.

훗날 힘을 얻게 된 칼스타인은 자신의 가족들을 죽이고, 욕을 보인 모두에게 그들 스스로 죽음을 원할 정도로 절망을 안겨주며 척살하였지만, 그것만으로 쌓였던 칼스타인의 분노는 풀리지는 않았다.

그 풀리지 않는 분노에 더 큰 원수를 처단하러 나섰던 것이 그가 왕국을 세우고, 제국을 세운 계기가 된 것이었다.

지금 박정아의 행동을 듣고 나자, 칼스타인은 과거 자신의 어머니 헤미르의 모습이 잠시 겹쳐 지나가며 왠지 모를 감정에 젖어들었다.

'후우… 기분이 이상하군….'

칼스타인의 분위기가 왠지 가라앉자 박정아는 굳이 그에게 말을 걸지 않았다. 그렇게 세 시간여의 시간이 지나자 대피소에서 방송이 흘러나왔다.

삐이~ 삐이~

"안내말씀 드립니다. 현 시간부로 상황은 해제되었습니다. 옐로우존으로 들어온 몬스터는 정부의 마물처리반에 의해서 척살되었으므로 주민여러분은 거주지로 돌아가셔도 되겠습니다. 다시 한 번 알려드립니다. 상황은 해제되었으므로 주민여러분은 거주지로 돌아가셔도 되겠습니다."

안내방송을 들은 사람들은 주섬주섬 인사를 나누고 대피소를 벗어났다. 박정아 역시 서둘러 대피소에서 나와 집으로 돌아온 뒤, 제대로 잠도 자지 못했으면서 공장에 늦으면 안 된다고 하면서 허둥지둥 준비하여 출근을 하였다.

그러면서도 칼스타인의 아침밥은 놓치지 않고 차려놓
았다.

"밥은 꼭 먹어."

"어머니는요?"

"난 늦어서 얼른 가 봐야해. 더 늦으면 아마 김반장이
일당 삭감할 거야. 식탁 위에 용돈 놔뒀으니까 필요한 것
있으면 사서 쓰렴. 그럼 엄마는 출근해."

지금 박정아가 출근하는 곳은 몬스터사체처리 공장이
었다. 몬스터의 사체는 일반적으로 고가로 매매되고 쓰
임새가 많다고 알려져 있는데, 예외적인 몬스터가 있었
다.

바로 F급의 몬스터였다. F급의 몬스터는 마나를 사용
하지 못하는 몬스터를 지칭하는 말로 일반 총기로 죽일
수 있을 정도로 그리 위협적인 대상은 아니었다.

그리고 위협적이지 않은 만큼 그 사체 역시 별로 쓸모
가 없었다. 마나를 전혀 머금고 있지 못했기에 마나물품
의 재료로 쓸 수도 없었기 때문이었다.

하지만 일반인들이 개별적으로 상대하기는 힘들기 때
문에 정부에서는 이 F급 몬스터를 처리하였고, 민간 헌
터들에게도 F급 몬스터를 발견하면 처리할 것을 협조한
상태였다.

그리고 그 몬스터의 사체는 싸게 사들여 그 뼈나 가죽을 추출하여 제품을 만들어 판매하곤 하였다.

지금 박정아가 근무하는 공장이 바로 이 F급 몬스터사체처리 공장인 것이었다. 당연히 일은 힘들었고 보수는 그리 많지 않았다.

그러나 그녀가 도시 내에 있는 잡다한 서비스직보다는 많은 돈을 주었기에 돈이 필요했던 박정아는 이 일을 한 것이었다.

칼스타인은 박정아가 차려놓고 간 김치찌개와 달걀 후라이를 가만히 보고 있었다.

"흐음…."

지금이라도 잠이 들어 헤스티아 대륙으로 돌아간다면 산해진미라 할 수 있는 음식들을 먹을 수 있었다. 라푼토 스테이크에, 라비스 구이, 몽테뉴 와인 등 일반인이라면 쳐다보지도 못할 음식들을 그의 말 하나면 대령시킬 수 있었다.

하지만 지금 박정아가 꺼내 놓고 간 것처럼 무한한 애정이 흐르는 음식은 없을 것이었다. 그런 생각을 하면서 칼스타인은 천천히 김치찌개와 밥을 먹기 시작했다. 헤스티아 대륙에서는 맛보지 못했던 그런 맛이라서 그런지 음식은 무척이나 맛이 있었다.

"일단은 힘을 기르자. 과거 경지의 십분지 일만 찾아도 굳이 이 여자에게 신세를 지지 않아도 이 세계에서 살아갈 수 있겠지."

이 세계에서 박정아의 위치는 썩 좋은 편은 아니었다. 박정아의 그늘을 통해 이 세계에서 적응할 계획을 세우긴 하였지만, 경제적 상황이 좋지 않은 박정아는 칼스타인이 적응할 때까지 시간을 주긴 힘들 수 있었다.

그렇게 결심을 한 칼스타인은 지구에서 잠이 들어 헤스티아 대륙으로 돌아가면 바로 다시 잠이 드는 방식으로 한 달여 동안 지구에서의 수련에 전력을 다 하고 있었다.

그 한 달 동안 박정아는 10년간 아들에게 주지 못한 사랑을 주기나 하는 듯 그야말로 헌신적으로 칼스타인에 대해서 돌보아 주고 있었다.

맹목적인 그녀의 헌신에 칼스타인은 자신도 모르게 마음 한 켠에서 그녀의 모성애를 조금씩 받아들이고 있었다.

오늘도 칼스타인은 박정아가 공장을 간 사이 집의 뒷산에서 수련을 마치고, 그녀가 집에 올 시간 즈음되어서 집으로 내려왔다.

하지만 평소에는 7시반쯤 되면 집에 오는 박정아가 8

시가 되어도 집에 오지 않았다.

보통 늦는 일이 있으면 늦는다고 사전에 연락을 박정아였기에 칼스타인은 의아한 생각이 들어 산동네를 내려가 차량이 다니는 길까지 내려왔다.

그러나 별 일은 없었던지 저 멀리 버스가 서고 버스에서 박정아가 내렸다. 거리가 거리인지라 아직 박정아는 칼스타인은 보지 못했지만 칼스타인은 대략 1킬로미터 정도 거리에 있는 박정아가 내린 것을 확인하였다.

그 때였다. 그녀의 뒤 저 멀리서 무언가 기척이 느껴지더니 빠른 속도로 그녀가 있는 곳, 정확히 말하자면 그녀가 내린 정류장으로 무언가가 다가오는 것이 느껴졌다.

만일 칼스타인의 본신의 경지, 아니 그랜드마스터급의 경지만 되찾았어도 그것이 무엇인지에 대한 파악은 물론 선제적 대응까지 가능했을 것이지만, 아직 칼스타인의 경지는 너무도 미약한 상태였기에 단순히 무언인가가 나타났다는 것 정도까지 밖에 파악하지 못하였다.

"조심하세요!"

칼스타인은 경고의 말과 동시에 그녀에게 달려갔다. 하지만 몬스터의 등장이 더 빨랐다.

크르렁~!

마치 공룡과도 흡사한 몬스터는 등장과 동시에 콧김을 뿜으며 사람들을 좌우로 훑어보았다. 몬스터 도감의 기록으로는 크로커랩터라 알려져 있는 악어머리를 한 체고 5미터 정도의 공룡형태의 몬스터였다.

갑작스런 크로커랩터의 등장에 버스 정류장에 있던 사람들은 비명을 지르며 사방으로 흩어졌다.

하지만 그 사람들과 다른 행동을 하는 두 명의 사람이 있었다. 바로 박정아와 칼스타인이었다.

박정아 역시 도망치려 하였는데 자신에게로 달려오는 칼스타인을 보자 그에게 크게 외치면서 크로커랩터의 앞을 가로막았다.

"수혁아! 어서 도망쳐!"

병원에서 칼스타인이 각성을 했다는 이야기는 들었으나, 그가 어느 정도 수준의 능력을 갖췄는지 박정아는 몰랐다.

거기다 지금도 집에서 수련만 하는 것을 본 박정아는 칼스타인의 능력이 아직은 미미할 것이라고 생각하고 있었다.

그래서 박정아는 칼스타인에게 도망치라는 말과 함께 잠시라도 시간을 끌기 해서 몬스터의 앞을 가로막았다.

끝 모를 모성애가 빚어낸 결과였다. 자신의 목숨이야 어떻게 되든지 아들을 살리겠다는 일념에서 나온 행동이었다.

그녀의 행동에 칼스타인은 어이가 없는 수준을 넘어서서, 왠지 모를 분노까지 생겨 화가 난 목소리로 박정아에게 외쳤다.

"바보같은 짓 하지 말고 물러서!"

아직 자신의 경지는 찾지 못했으나 D급이라 알려진 크로커랩터 정도를 해치우는 것은 지금 칼스타인에게도 그리 어렵지 않았다.

그렇기에 지금 박정아의 행동은 칼스타인이 보기에는 너무도 바보 같은 짓이었다.

하지만 박정아는 그런 상황을 몰랐다. 그리고 그녀는 이수혁의 어머니였다. 그를 살리기 위해서 모든 것을 할 준비가 되어있었다.

비록 신체는 하급몬스터에게 당할 정도로 약할지 몰라도 아들을 살리고 싶어하는 정신력은 그 누구보다도 강했다.

"수혁아! 제발 도망쳐! 엄마 소원이야!"

칼스타인은 답답해하며 그런 그녀에게 다시금 외쳤다.

"제가 해치울 수 있으니 어머니는 도망치라구요!"

그러나 극도의 긴장상태에 있는 박정아는 칼스타인의 말을 못 들었는지 지금도 크로커랩터의 앞을 가로막고 있었다.

그러다 크로커랩터가 자신에게 다가오는 것을 느끼고 아들의 마지막 모습을 보기위해 고개를 돌렸다. 그 곳에는 도망칠 줄 알았던 아들이 일그러진 얼굴로 자신에게 달려오는 것이 보였다.

깜짝 놀란 표정의 박정아는 몸을 돌려 칼스타인에게 어서 가라는 손짓을 하였다.

그리고 그 순간 크로커랩터의 손이 휘둘러졌고 박정아는 몸을 활처럼 휜 채 앞으로 쓰러졌다.

그녀의 등에는 깊이파인 세 줄기의 손톱자국이 나있었다. 딱 보아도 치명상임이 분명할 정도로 깊은 상처였다.

박정아가 공중으로 떴다가 바닥에 떨어지는 그 짧은 찰나 동안 칼스타인의 머릿속에 지난 한 달간 그녀의 헌신적인 모습이 떠올랐다.

아무리 힘들어도 내색하지 않고, 아무리 어려워도 그에게는 미소를 지어주려는 형언하기 힘들 정도로 깊은 모성애를 보인 박정아의 모습이 뇌리를 스쳤다.

그리고 지금도 자신의 생명을 잃을 위기에 있지만, 여

전히 칼스타인을 바라보면서 안타까운 표정만을 짓고 있는 그녀의 얼굴이 칼스타인의 두 눈에 박혔다.

이 모습은 과거 당신의 목숨을 바쳐 칼스타인을 살리려고 했던 그의 어머니 헤미르의 모습과 너무도 똑같아 보였다.

칼스타인의 머릿속에서 무언가 끊어지는 듯한 느낌이 들더니 그의 속 깊은 곳에서부터 외침이 터져 나왔다.

"어머니!"

박정아를 먹어치우려고 그녀에게로 향하던 크로커랩터는 뜻밖의 거대한 마나 발현에 자신의 악어머리 머리를 들어 그것을 확인하려 하였다.

자신에게로 날아오는 날카로운 기운을 목격한 크로커랩터는 재빨리 몸을 피하려고 하였지만, 그 기운은 그의 움직임 보다 좀 더 빨랐다.

서걱~!

악어머리의 입을 중심으로 크로커랩터의 머리는 반으로 쪼개져버렸다. 크로커랩터는 약간의 재생능력을 가지고 있었지만 머리가 잘려버린 상황에서 재생을 할 수는 없었다.

크로커랩터의 머리가 잘릴 때 칼스타인의 귀로 싸이렌 소리와 함께 경고 방송이 나왔다.

"몬스터 출현 경고입니다. 몬스터 출현 경고입니다. 개성 121 구역에 사는 거주자들은 신속하게 인근 대피소로 대피하여 주시기 바랍니다. 다시 한 번 말씀드립니다. 개성 121 구역에 사는 거주자들은 신속하게 인근 대피소로 대피하여 주시기 바랍니다."

'젠장! 이제 경고방송을 하면 뭐해!'

옐로우존이다보니 비용문제 때문에 그린존처럼 실시간으로 몬스터의 감지가 이루어지지 않고 있었다. 몬스터의 탐지까지 길게는 일이십여분의 딜레이가 발생하였기에 이런 일이 벌어지는 것이었다.

지금 자신의 상태로는 무리한 능력이라 할 수 있는 플라잉 샤이닝까지 사용한 칼스타인은 순간적인 탈력감이 들어 휘청거렸다.

하지만 칼스타인은 개의치 않고 서둘러 박정아에게 다가가 그녀의 상태를 파악했다.

이미 많은 피를 흘려 안색이 창백해진 박정아는 칼스타인이 지혈과 동시에 마나를 주입하자 정신이 들었는지 뜨문뜨문 말을 이었다.

"수…혁…이…니?"

"네, 어머니. 괜찮으세요? 대체 왜 그러셨어요!"

"쿨럭. 쿨럭. 나…는… 나는… 괜찮…아… 넌… 괜…

찮니?"

이런 상황에서도 박정아는 칼스타인의 걱정을 하였다. 비록 자신이 이수혁인줄 알고 보이는 애정이었지만, 그 무한한 애정에 칼스타인은 따뜻한 미소를 지으며 그녀에게 말했다.

"저는 괜찮아요. 어머니도 괜찮아지실 거에요. 제가 그렇게 만들 거에요."

지금 칼스타인이 보는 것은 박정아뿐만이 아니었다. 자신의 품안에는 이수혁의 어머니 박정아와 자신의 어머니 헤미르가 같이 있었다.

그리고 칼스타인은 자신의 전 마나를 주입하며 자신의 어머니에게 말했다.

"다시는… 다시는 이렇게 보내지 않을 거예요. 어머니…."

그렇게 마나를 주입하던 칼스타인이 마나탈진으로 기절하며 마지막으로 들은 소리는 멀리서 들려오는 엠뷸런스 소리였다.

❖

"후우…."

칼스타인은 깊은 한숨과 함께 자리에서 일어났다. 지금 이곳은 늘 그랬듯이 황도 칼리움의 비밀의 방이었다.

지금까지 수십 차례 눈을 뜨자마자 지구로 돌아갔던 칼스타인이 한숨과 함께 일어나자 옆에 있던 엘리니크가 약간 놀란 표정으로 칼스타인에게 물었다.

"폐하, 무슨 일 있으십니까?"

엘리니크의 질문에 바로 대답하지 않고 침대에 걸터앉은 칼스타인은 잠시 천장을 보면서 말했다.

"후우… 일이라… 일이 있었지…."

한 번 더 한숨을 내 쉰 칼스타인은 엘리니크에게 대강의 상황을 말해주었다. 칼스타인의 과거 상황을 알고 있는 엘리니크였기에 대강의 상황만 듣고서도 지금 지구의 상황에 대해서 정확한 추론이 가능하였다.

"그랬군요… 그런 일이 계셨군요… 그럼 아직 그녀, 아니 어머니의 상태는 확인하시지 못하신 겁니까?"

"그래, 일단 마지막 상태로 봐선 목숨은 붙어 있을 것 같은데. 돌아가서 확인해봐야 알겠지. 마법을 배우지 못한 것이 후회되긴 처음이군."

무투술로 단전을 형성한 무인은 마법을 배울 수는 없었다. 그것은 마법사의 마나서클과 무투술의 단전이 상충되는 효과가 발생하기 때문이었다.

물론 몇몇 특수한 무술은 마법을 사용할 수 있게 해주는 경우도 있었으나 그런 무술로는 높은 경지에 오르기는 힘들었기에 유명무실하다 할 수 있었다.

　"음… 앞으로는 어떻게 하실 생각입니까? '어머니'를 지키실 것입니까?"

　"그래, 그녀가 내 어머니처럼 느껴진 이상, 그녀를 과거 내 어머니와 같이 대할 생각이다."

　칼스타인의 말은 단호하였다. 이견의 여지가 없다는 말이었다. 그의 말에 엘리니크는 잠시 말을 멈추고 생각하더니 이내 한 가지 첨언을 하였다.

　"…폐하께서도 아시겠지만, 폐하 홀로 그 세계에서 자립하시는 것과 다른 일반인을 데리고 자립하시는 것은 그 차이가 매우 클 것입니다. 잘못하다가 그 '어머니' 때문에 폐하께서 위험에 처하실 수도 있습니다."

　"…생각해봤어, 그래도 어쩔 수 없는 부분이야. 내 마음이 그렇게 간 이상 난 내 마음이 가는 길을 지킬 생각이다. 내 마음이 가는 길을 따라 복수를 하였고, 왕국을 세웠고, 제국을 세웠다. 그것이 나의 삶이었고, 내 인생이었다. 난 내 마음이 가는 길을 저버릴 생각이 없어. 엘리니크."

　냉정할 때는 한없이 냉정한 칼스타인이었지만, 마음이

이끄는 길을 따라 가는 칼스타인의 모습은 불같은 열정만이 있을 뿐이었다.

특히, 자신의 사람으로 받아들이기까지가 어려워서 그렇지 특정인을 자신의 사람으로 받아들인다면 칼스타인은 무한한 애정을 그 사람에게 주었다.

엘리니크 역시 그런 케이스였다. 그리고 지금은 죽은 프란츠 역시 그런 사람 중의 한 명이었다.

프란츠의 죽음에 대한 복수를 위해서 당시에는 무리라고 할 수 있는 대륙 남부의 강자 라서스 왕국과의 전쟁까지 하였으니, 칼스타인의 자기사람에 대한 애정은 엘리니크 역시 잘 알고 있었다.

엘리니크는 그런 칼스타인의 모습에 마음을 맡겼고, 인생을 걸었다. 그리고 지금 칼스타인의 모습은 그 때의 그 모습이었다.

"그러시군요. 폐하. 잘 알겠습니다. 제가 무슨 수를 써서라도 폐하를 도울 수 있는 방법을 찾아보겠습니다."

"그래, 엘리. 너를 믿는다. 저 곳에서 내 몸은 아직 너무 약해. 과거 널 처음 만났을 때보다도 약한 상태야."

"…알겠습니다. 저도 최선을 다 하겠습니다."

"그래, 믿는다. 엘리."

그렇게 엘리니크에게 말을 남긴 칼스타인은 다시 잠에

들어 지구로 돌아갔다. 서둘러 박정아의 상태를 확인하기 위해서였다.

❖

지구에서 깨어난 칼스타인은 자신이 병원에 있음을 알 수 있었다. 과거 자신이 있었던 그 병원이었다.

팔에 달린 수액줄을 거칠게 뽑아내자 어디선가 신호가 울렸는지 얼마 지나지 않아, 의사와 간호사들이 들어왔다.

"이수혁씨 일어나셨네요. 그런데 이렇게 마음대로 링거줄을 뽑으시면 안 돼요."

하지만 지금 칼스타인은 간호사의 투덜거림을 들어줄 여유는 없었다.

"저희 어머니는 어떻게 되셨죠?"

"어머니라면… 박정아 환자 말인가요?"

"네, 박정아 환자 말입니다."

"중환자실에 있습니다. 자세한 내용은 담당의사와 이야기 하시면 될 거에요."

중환자실에 있다는 말은 일단은 살아있다는 이야기였다. 칼스타인은 안도의 한숨을 내쉬며 병실의 벽에 등을 기댔다.

얼마 지나지 않아 담당의사가 들어왔고 칼스타인은 지금의 상황에 대해서 들을 수 있었다.

일단 지금 당장 박정아의 생명에는 지장이 없었다. 칼스타인이 마나 탈진까지 겪으면서 생명줄을 잡았던 것이 주효하였다.

지금은 의식도 찾았고, 등의 상처만 치료받는다면 생활에도 지장이 없을 것이라 하였다.

문제는 단전 즉, 마나홀이라 불리는 곳에 상처를 입었다는 것이었다. 마나홀의 상처를 입은 사람은 지금 당장은 표시나지가 않지만 주기적으로 마나를 주입받지 않는다면 전신의 마나가 빠져나가버려 끝내 죽음에 이르고 마는 큰 상처라 할 수 있었다.

마나에 관한 연구는 초기 단계라 지구에서도 마나홀이라는 것의 존재는 알고 있으나 그에 대한 완전 치료는 아직 힘든 상태였다.

다만, 지금 할 수 있는 것은 몬스터홀의 코어를 정제한 마나주사를 통해서 새어나가는 마나를 보충하는 방법 밖에 없었다.

그리고 코어가 비싼 만큼 이 코어를 정제한 마나주사 역시 일반인이 감당할 수 있는 비용은 아니었다.

일단 지금의 치료비는 정부에서 칼스타인이 잡은 크로

커랩터의 사체를 거두어가고 그 댓가를 지급한 것에서 충당하였다고 하니 문제가 없다고 하지만 앞으로가 문제였다.

'내가 그랜드마스터급에만 오른다면 신체의 재구성을 통해서 원상태로 돌려줄 수 있을 텐데⋯ 시간이 필요하겠군⋯ 그리고 그 시간동안 버틸 수 있게 하려면⋯ 결국은 돈이군, 돈이 필요해.'

에르하임 제국에 있는 황실비고에 가면 금은보화가 널려 있었지만, 이곳에서 칼스타인은 무일푼이었다. 그렇기에 박정아의 상태를 유지하기 위해서는 돈을 벌어야 했다.

그리고 이수혁의 기억 속에 가장 돈을 벌기 좋은 일은 몬스터를 사냥하는 일, 즉 헌터가 되는 것이었다.

결심을 한 칼스타인은 퇴원을 한 뒤 몸을 회복하고 마나를 받아들이는데 전력을 다했다. 전에는 양차원간의 마나 성질을 찬찬히 비교해가며 회복과 동시에 본신 경지의 상승을 꾀했다면, 지금은 일단 마나량의 회복을 최우선적으로 하고 있었다.

최소한의 능력은 되찾아야 제대로 된 헌터로서 활동할 수 있을 것이라 판단했기 때문이었다.

그렇게 전과 같이 헤스티아 대륙으로 돌아가면 곧장

잠이 드는 방법으로 다시 보름정도 수련에 매진하고 있
을 때, 칼스타인의 스마트폰으로 누군가의 전화가 걸려
왔다.

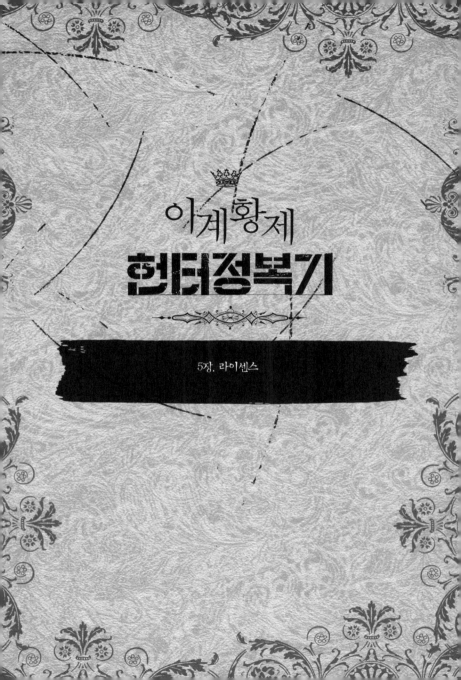

이계황제
헌터정복기

5장. 라이센스

5장. 라이센스

"누구세요?"

이수혁의 기억을 받아들여 이곳에서는 그의 모습으로 살아가기로 한 칼스타인은 자연스럽게 이수혁의 말투를 따라하고 있었다.

[이수혁씨? 여기는 대성길드입니다. 대화가능하신가요?]

"네, 말씀하세요."

[아. 저희길드에서 이수혁씨를 영입하고 싶은데 어떠신지요?]

"영입요?"

[네. 바로 정식멤버가 되는 것은 아니지만, 간단한 테스트만 통과한다면 3개월간의 수습기간을 거쳐서 바로 정식 채용될 것입니다.]

갑작스러운 제안이었다. 그리고 돈이 필요한 칼스타인에게는 나쁘지 않은 제안이었다.

하지만 칼스타인은 전후 사정도 모르는 채 이런 제안을 받아들일 만큼 애송이가 아니었다.

"일단 생각해보겠습니다."

[테스트는 받고 생각해보시는 것이 어떻겠습니까?]

"아닙니다. 그럼 끊겠습니다."

그렇게 전화를 끊은 칼스타인은 이런 제안의 이유에 대해서 생각하려 했는데, 그의 전화가 계속 울렸다.

받아보니 또 다른 길드였고, 그 길드는 비슷한 제안을 하였다. 같은 답변을 하고 또 끊었는데 또 다른 길드에서 전화가 왔다.

그렇게 몇 차례 전화를 받으며 칼스타인은 그들이 어떻게 이 전화번호를 알았는지, 왜 자신을 영입하려하는지 역질문을 통해서 그들의 상황을 탐문 하였다.

그 결과, 등록된 헌터가 아닌 사람이 크로커랩터를 잡았다는 것에서 길드들이 칼스타인에 대한 관심을 가졌다는 것을 알 수 있었다.

만일 단순한 비등록 헌터라면 길드에서 적극적인 영입을 벌일 필요는 없었으나, 몇몇 길드에서 추가적인 정보 수집을 한 결과, 칼스타인이 십년간의 식물인간 끝에 각성을 통해서 회복했다는 것을 파악할 수 있었다. 즉, 칼스타인을 [오리진]이라 판단한 것이었다.

이수혁의 기억에 따르면 일반인들의 시선에서 이능력자는 크게 무인, 마법사, 초능력자의 세 종류로 나뉘어 구분하고 있었다. 물론 세부적으로 들어가면 더 다양한 구분이 가능하였으나 큰 카테고리는 이 세 종류로 판단하고 있었다.

하지만 이능력자들 간에는 이런 구분보다는 그 태생에 대한 구분이 더 의미가 있었다. 바로 [유저]와 [오리진]으로 구분하는 것이었다.

먼저 [유저]는 만 18살이 된 마나적합자가 카르마 시스템에 접속하여 상점에서 이능력을 구매한 뒤 능력을 발휘하는 이능력자들을 의미하였다.

당연히 그 때부터 이능을 배우고 익혀서 능력을 키워야 하기 때문에 소수 특별한 재능을 가진 몇몇 사람들을 제외하고는 성장할 때까지 상당한 시간이 걸렸다.

하지만 [오리진]은 카르마 시스템에 접속하기 전부터 마나를 사용할 줄 알았던 마나적합자들을 의미하였다.

그것이 무공이든 마법이든 초능력이든 시스템 접속 전에 이능력을 사용하는 모든 사람은 오리진이라 불렸다.

그리고 일반적인 경우에서는 당연히 이 오리진이 유저에 비해서 성장 속도도 빠르고 더 높은 곳까지 성장하는 경우가 많았다.

지금 칼스타인은 만18세는 넘었으나 10여 년간 식물인간 상태에 있다가 병원에서 각성을 한 것으로 알려져 있었다.

그렇기 때문에 그의 정보를 들은 단체에서는 그를 오리진으로 판단하고 있었다. 즉, 시스템에 한번도 접속하지 않은 상태에서 각성한 것으로 판단했다는 것이었다.

이런 오리진은 최소 1차 성장의 벽은 넘어 C급 이상은 될 수 있을 것이니 여러 단체에서 그를 영입하려고 하는 것이었다.

결국 칼스타인은 마지막으로 전화가 온 은하 길드의 제안을 받아들였다.

은하길드는 개성에서 주로 활동하는 길드로 비록 한국 5대 길드 안에는 들지 못했지만, 그래도 개성에서는 나름 인지도가 있는 중견길드였다.

물론 오리진이라는 장점을 어필한다면 충분히 더 큰 길드에서 시작할 수 있을 것이나, 어차피 지금의 길드에

오래 있을 생각은 없었으므로 길드의 규모는 크게 상관
없었다.

칼스타인은 몬스터 처리 및 매각 등의 노하우만 배운
뒤 힘이 갖추어 진다면 혼자서 사냥을 할 생각이었기 때
문이었다.

오히려 분업화가 잘된 이름 있는 대형 길드에 간다면
사냥은 수월하겠지만, 몬스터 처리나 매각 등의 노하우
는 배우기 힘들 수도 있었다.

'일단 그 쪽으로 가기 전에 헌터 라이센스부터 확보해
야겠군. 음, 지금 상태부터 한 번 볼까? [시스템 접속].'

[기본정보]

이름 : 이수혁, 등급 : CB, 카르마포인트 : 10/10,

상태 : 정상

[능력정보]

신체능력 : CA, 정신능력 : X(측정불가), 마나능력 :
CB

[기술정보 (타입: 무투형)]

혼원무한신공(SS) 37/92, 혼원무한검법(SS) 13/95, 카
이테식 검술[신규](S) 32/100

아직 칼스타인의 등급은 C등급이었다. 원래 있던 경지를 찾는 것이라 그리 오래 걸리지 않을 것이라 생각했는데, 마나의 성질이 다른 것이 생각보다 큰 문제였다.

마치 공기로 폐호흡을 하던 포유류가 물속에서 피부호흡을 하는 것과 같은 차이였으니, 헤스티아 대륙의 마나로 지고의 경지라 할 수 있는 라이트 소더에 오른 칼스타인이라 하더라도 이에 적응하는 것은 쉽지 않았다.

'생각보다 회복이 더딘데… 그건 그렇고 예상대로군. 샤이닝 소드를 발현할 수 있는 마나량이 되니 C등급이 되는 것을 보면 C등급은 소드익스퍼트 초입과 비슷한… 어? 그런데 카이테식 검술은 그렇다 치고 혼원무한검법? 흐음… 에르하임식 검술이 이렇게 변했군.'

수련을 하며 에르하임식 검술과 카이테식 검술을 몇 차례 펼쳤는데, 그것을 반영한 것인지 지금 칼스타인의 상태창에는 그 정보가 기록되어 있었다.

문제는 에르하임식 검술은 마나연공법처럼 혼원무한검법으로 바뀌어 있었는데, 카이테식 검술은 신규라는 표시와 함께 그 이름 그대로 표시되어 있었다.

'저걸 보면 확실히 에르하임식 검술과 마나연공법은 다른 차원에서 넘어온 기술이 분명하군. 재미있게 되었는데? 어서 포인트를 얻어서 저것들의 원래 모습을 보고

싶군.'

상태창을 확인하는 것으로 수련을 마무리한 칼스타인은 헌터 라이센스를 취득하기 위해 개성시의 중심에 있는 세계능력자협회, 통칭 협회의 개성지부를 방문하였다.

은빛으로 빛나는 고층빌딩은 협회의 위세를 보여주기나 하는 듯 웅장하게 자리하고 있었다.

건물 안으로 들어선 칼스타인은 신규 헌터 등록이라 쓰여 있는 표지판을 따라 이동하였고 그렇게 이십여 미터를 가다보니 한 사무실에 도착할 수 있었다.

"신규 등록하러 오셨나요?"

"그렇습니다."

"근거리공격형, 원거리공격형, 방어형, 지원형 중에서 어떤 타입의 라이센스를 취득하시려고 하시는가요?"

"음?"

이수혁의 기억 속에는 라이센스 취득 방법은 간단하였다. 마나를 측정하고 거짓말 탐지기를 동원하여 시스템상의 등급을 확인하는 것으로 끝이었다. 그리고 이런 근거리, 원거리 등의 타입 또한 없었다.

칼스타인이 대답을 하지 않자, 접수원은 한숨을 살짝 내쉬더니 말을 이었다.

"옛날 정보만 보고 오신 분이신가 보네요. 바뀐 지 3년이나 되었는데 좀 찾아보고 오시지 그랬어요?"

"미안합니다. 정보를 찾기 힘든 곳에 있어서 말이죠."

"간단하게 설명 드리면 시스템 상의 등급이 실제 실전과는 무관하다는 현장의 지적들이 많이 있었습니다. 그래서…."

접수원은 라이센스의 취득방법이 바뀐 것에 대해서 간단하게 설명하였다.

카르마 시스템이라 명명된 시스템의 정보는 신체, 정신, 마나 능력만 가지고 사람의 등급을 판단한다. 즉, 실전감각이나 경험 등의 요소는 배제되어 있는 것이나 마찬가지였다.

특히, 실전 경험도 없는 초보 헌터가 높은 등급만 가지고 파티에 끼었다가 실전에 패닉을 겪으며 파티가 깨어지는 일이 비일비재하게 벌어지다보니, 현장에서 라이센스 자체에 대한 신뢰도가 많이 떨어졌었다.

게다가 거짓말탐지기를 속일 수 있는 기술이 카르마시스템의 상점에 있다는 것이 알려지며, 지원자가 스스로 말하는 등급에 대해서 믿을 수 없게 되자 세계능력자협회에서는 새로운 헌터 라이센스 부여 방법을 검토하였다.

그 결과 나온 것이 이 시뮬레이션을 통한 등급부여 방식이었다. 이 방법을 통해서 카르마시스템의 등급이 아니라 실전을 어느 정도 반영한 등급이 부여되자 현장에서 만족도가 매우 높아졌다.

이후 길드와 헌터들의 요청에 의해 라이센스의 역할별 구분제도 도입되는 등의 절차를 거쳐서 현재의 라이센스 발급 시스템이 확립된 것이었다.

"아시겠죠? 그럼 이 양식에다가 원하는 타입과 간단한 신상정보를 기재하시고 대기실에 기다려 주세요. 앞에 두 분이 대기 중이니 짧으면 이십분 길면 한 시간 정도 기다리셔야 할 거에요. 대기표에 써 있는 번호를 부르면 저 앞에 보이는 문으로 들어가시면 되요."

접수대에 앉은 20대 후반의 여성은 기계적인 목소리로 칼스타인에게 간단한 절차에 대해서 설명해 주었다.

길면 한 시간이라 하였지만 불과 십오분이 넘어가자 접수원은 칼스타인의 번호를 불렀다. 그 말에 자리에서 일어난 칼스타인은 네 종류의 문 중 가장 왼쪽에 있는 문을 열고 방 안으로 들어갔다.

방 안으로 들어가자 두 명의 직원이 익숙한 솜씨로 칼스타인의 몸에 전선이 붙은 패치를 부착하고 마지막으로 헬멧을 씌웠다.

무기를 사용하겠냐는 직원의 질문에 롱소드와 비슷한 모양의 검을 무기 걸이에서 골라 들었다.

그렇게 준비를 마치자 한 직원이 기기의 버튼을 눌렀고 이윽고 칼스타인의 헬멧에서는 기계음의 목소리가 들려왔다.

[근거리공격형 헌터 능력측정을 시작합니다. 다섯 종류의 몬스터가 순차적으로 나타납니다. 응시자께서 몬스터를 처리한 결과가 등급에 반영될 것이오니 최선을 다해 주시기 바랍니다.]

삐이~

방송이 마치면서 경고음이 나왔고 이어서 칼스타인의 전방에 홀로그램 형태의 몬스터가 나타났다.

몬스터의 형태는 덩치 큰 개, 혹은 늑대와 흡사했다. 다만 그 머리가 두 개인 것이 딱 보아도 몬스터인 것을 알 수 있게 하였다.

'트윈헤드 울프군.'

헌터가 되기 위해서 아카데미에서 공부한 이수혁의 기억 덕분에 칼스타인은 헌터나 몬스터들에 대한 기초적인 정보는 이미 알고 있었다.

지금 나온 트윈헤드 울프는 D급 중간 정도 되는 몬스터로 초보 헌터가 일대일로 잡기는 쉽지 않은 몬스터였다.

아마 트윈헤드 울프를 쉽게 잡으면 더 높은 등급의 마물을 그것이 아니라면 더 낮은 등급의 마물을 보여주는 방식인 것 같았다.

'일단 카르마 시스템 상의 내 등급이 C급이니 그 정도까지는 라이센스를 받아놔야 하겠군.'

칼스타인의 몸 상태는 비록 C급이지만, 만일 실전에 임한다면 순간적인 마나의 집중을 통해 그 보다 훨씬 윗등급까지 잡을 자신이 있었다.

하지만 어차피 마나 측정부분에서 걸려서 C급 이상의 등급을 받기는 힘들 것이었다. 다소 무리한다면 약간 더 높은 등급도 불가능한 것은 아니었으나, 어차피 지금 발현할 수 있는 마나가 제한된 상황에서 애써 높은 등급을 받을 필요는 없었다.

따라서 칼스타인은 굳이 무리하지 않고 C급의 라이센스를 받을 생각을 하였다.

쉬익~!

칼스타인이 생각하는 동안 트윈헤드 울프가 그의 왼쪽으로 돌더니 화살처럼 칼스타인의 허벅지를 공격하였다.

퍼억~!

하지만 칼스타인은 슬쩍 다리를 들어 피하며 시작할 때

장착했던 롱소드로 트윈헤드 울프의 왼쪽 머리를 잘라냈
다.

프로그램이어서 그런지 트윈헤드 울프는 한쪽 머리를
잃었지만 조금의 망설임도 없이 남은 머리로 칼스타인의
낭심을 물어왔다. 그러나 칼스타인은 무릎으로 그 턱을
가격하여 나머지 머리 또한 터트려 버렸다.

몬스터의 죽음이 확인되자 칼스타인의 눈앞에 보이는
그 시체는 스르륵 사라지고 다시 한 번 경고음이 울렸다.

삐이~

이번 경고음과 함께 나타난 몬스터는 대형 사마귀 형
태의 몬스터 자이언트 맨티스로 C급의 마물이었다.

칼스타인은 D급의 마물을 너무 쉽게 해치운 것 같다는
생각에 이번에는 다소 고전하는 듯한 모습으로 자이언트
맨티스의 머리를 잘라냈다.

고전하며 잡아서 그런지 C급인 자이언트 맨티스를 잡
았음에도 다시 C급의 마물이 나타났다.

'또 C등급이 나오는 것을 보니 쉽게 잡아내지 못하면
다음 등급으로 넘어가지는 않는 시스템인 것 같군. 차라
리 잘 되었어.'

이후 두 차례의 C급 마물이 더 등장하였고 그 때마다 칼
스타인은 약간 고전하는 모습은 보였지만 몬스터 자체는

다 잡아 내었다.

삐~

[테스트를 종료합니다. 헬멧을 벗고 직원의 지시에 따라 주십시오.]

칼스타인이 헬멧을 벗자 옆에 있던 직원들은 칼스타인에게 엄지손가락을 올리며 말했다.

"대단하네요. 처음 등록에 C급이라니. 마나 측정을 해봐야 알겠지만 아마 C급은 확실할 것 같습니다. 이러니까 역시 오리진이라는 말이 나오는군요."

이어지는 마나 측정에서도 C급 정도의 마나를 보인 칼스타인은 이어지는 헌터로서의 상식과 몬스터들에 대한 지식을 묻는 필기시험에도 무리 없이 통과하였다.

애초에 필기시험은 당락을 결정한다기 보다는 헌터로서의 기본적인 지식만을 묻는 것이기에 아카데미에서 공부한 이수혁의 지식으로도 충분히 통과가 가능한 수준이었다.

결국 칼스타인은 테스트실의 직원이 말했던 대로 C급의 헌터 라이센스를 받았다.

사실 오리진이 아닌 유저의 경우에는 첫 라이센스는 대부분 F급 아니면 E급 이었다. D급만 하더라도 대단하다고 평가 받았기에 C급을 받은 칼스타인은 다른 초보 헌터들에 비해서 상당히 앞서 있는 것이 분명하였다.

다만, 오리진 중에서는 첫 등급 측정에서 S급을 받은 천무룡(天武龍) 백진강이나 홍의신녀(紅衣神女) 한설아와 같은 괴물이라 할 수 있는 능력자들도 있었기에, 유저에 비해서는 다소 앞선 것이지 오리진 중에서는 그리 놀라운 결과라 할 수는 없었다.

자동화 시스템 덕분인지 라이센스 카드 역시 테스트가 마치고 30분도 채 지나지 않아서 발급이 되었다.

"여기 라이센스 카드가 있습니다. 3년에 한 번씩 정기 테스트를 하셔서 라이센스를 갱신하셔야 합니다. 만일 갱신일자가 한 달 이상 경과되면 라이센스를 사용하실 수 없으니 주의하시기 바랍니다. 별도의 추가비용을 부담하시면 수시 갱신도 가능하오니 더 높은 등급을 획득하실 자신이 생기시면 도전하시면 되겠습니다."

정기적인 갱신을 만들어 사고 등으로 능력이 떨어진 헌터들이 과거의 등급으로 활동하는 것을 막았고, 능력이 상승한 헌터는 수시 테스트를 받아 더 높은 등급을 획득할 수도 있게 해놓았기에 합리적인 방법이라 할 수 있었다.

라이센스 카드를 건네준 접수원은 다시 한 번 기계적인 말투로 칼스타인에게 말을 건넸다.

"만일 가입 예정되어 있는 길드가 없다면, 협회차원에서 자리를 알선해주기도 합니다. 혹시 협회에서 일하실 마음이 있으시다면 연락처를 남겨주십시오. 정기 및 수시 직원모집 때 별도로 연락드리겠습니다."

인맥이 있는 헌터야 당연히 그 인맥을 따라서 일자리를 잡을 것이지만, 인맥이 없는 저 등급 헌터들은 일자리를 구하는 것이 막연할 수도 있었다. 그렇기 때문에 협회에서 그런 헌터들의 적응을 위해서 일자리를 알선해주는 것이었다.

하지만 칼스타인은 이미 갈 곳이 있었기에 해당사항이 없었다.

"괜찮습니다. 이미 연락한 길드가 있습니다."

"네, 알겠습니다. 그럼 건승을 빌겠습니다."

건승을 비는 말조차 기계적 말투로 마친 접수원을 뒤로 하고 칼스타인은 사무실을 벗어났다.

그런데 은하길드로 가기 위해서 로비로 나오는 칼스타인에게 여러 명의 사람들이 접근하며 그에게 말을 건넸다. 무관심속에 들어올 때와는 사뭇 다른 모습이었다.

"저기 나온다. 이수혁씨! 드릴 말씀이 있습니다."

"이수혁씨! 저와 먼저 이야기를 좀…."

"저희 길드에서는 다른 곳보다 더 좋은 조건으로 모시

겠습니다!"

지금 모여드는 사람들은 길드에서 협회에 상주시킨 직원들이었다. 협회에는 하루에도 수십 명의 능력자들이 헌터 라이센스 발급을 위해서 방문하였고, 길드는 우수한 인재를 조기에 확보하는 것이 중요하였기에 이렇게 직원들을 상주시키고 있었다.

이곳에 상주하는 길드의 직원들은 당연히 협회의 직원들과 친분이 있었고, 오랜만에 오리진이 나타나 C급의 라이센스를 획득했다는 정보를 얻은 상태였다.

길드 직원들은 일단 헌터를 길드까지 데려가기만 해도 인센티브를 얻을 수 있기에 적극적으로 칼스타인에게 러브콜을 보냈지만, 이미 은하길드와 이야기하기로 약속되어 있는 칼스타인은 그런 제의를 거절하며 그들의 틈을 빠져나갔다.

하지만 끈질긴 직원들은 어디와 이야기를 하던 거기보다 더 많이 줄 수 있다는 허세를 부리며 자신의 명함을 건네주었다.

칼스타인 역시 은하길드와 이야기가 잘 풀리지 않거나 그곳의 인상이 별로라면 굳이 은하길드를 고집할 생각은 없었기에 그들의 명함을 받아 챙긴 후 택시에 올랐다.

은하길드는 나름 개성에서는 인지도가 있는 길드이기

에 택시기사 역시 길드의 본부를 바로 알고 있었다. 그래서 위치에 대한 별다른 설명이 없었음에도 기사는 바로 칼스타인을 은하길드의 본부로 데려갔다.

은하길드의 본부는 개성의 중심가에 있는 7층 높이의 건물로 나름 세련된 현대식의 건물에 자리 잡고 있었는데, 그것만으로도 은하길드의 자금력이 나쁘지 않다는 것을 상징적으로 보여주고 있었다.

"어떻게 오셨습니까?"

"진승철 팀장님과 약속이 되어 있습니다. 이수혁이라고 합니다."

"아. 이수혁씨. 접견실에 계시면 팀장님께 방문을 말씀 드리겠습니다. 저기 제 3접견실에서 조금만 기다려 주세요."

이런 방문이 많은지 은하길드의 1층 로비에는 8개의 접견실이 있었고, 칼스타인은 안내원의 말대로 3접견실에 들어가 자리를 잡았다.

얼마 지나지 않아, 머리를 단정하게 넘겨 깔끔하게 다듬은 30대 후반의 남자가 서류를 들고 접견실로 들어왔다.

"반갑습니다. 진승철이라고 합니다."

"이수혁입니다."

진승철은 칼스타인에게 손을 내밀어 가볍게 악수를 한 뒤 자리에 앉았다.

"라이센스를 받으셨더군요."

은하길드 역시 협회의 개성지부에 사람을 내 보내놓았기에 진승철은 칼스타인이 라이센스를 받은 것에 대한 정보를 가지고 있었다.

"네, 그렇습니다. 뭐 문제라도 있습니까?"

"아. 아닙니다. 저는 오늘 오신다 하길래 우리 길드와 먼저 계약을 하고 길드 소속으로 라이센스를 취득하게 해드리려고 하였지요."

"개인으로 하는 것과 길드 소속으로 하는 것이 차이가 있습니까?"

"별다른 차이는 없습니다. 다만 길드 소속으로 가셨으면 취득시험을 볼 때 대기 없이 바로 볼 수 있는 등의 편의를 봐준다는 장점은 있지요."

칼스타인의 경우에는 그리 오래 기다리지 않아서 관계없었지만, 아카데미의 수료시즌과 맞물리면 라이센스 취득까지 며칠을 기다려야 하는 경우도 있었다.

그런 경우에는 길드소속으로 라이센스를 취득하는 것이 각종 편의를 봐주어 유리한 점이 있었다.

다만, 라이센스를 받고 계약하는 것과 라이센스 없이

계약하는 것에는 조건의 차이가 있을 수밖에 없었다. 불확실성에 대한 대가라 할 수 있었다.

라이센스가 없다고 생각해서 계약 조건을 다소 낮추려 생각했던 진승철 팀장은 내심 아깝다는 생각을 하며 서류철을 펼쳤다.

"자, 여기를 보시면 계약조건이 있습니다. 알아보시기 편하게 지금 C등급 헌터의 표준계약서와 우리 계약서의 차이점을 비교해 놓았습니다. 확실히 좋은 조건인 것을 아실 수 있을 것입니다."

이미 칼스타인이 C등급을 획득했다는 것을 알고 있는 진승철은 그에 맞춘 계약서를 보여주었다.

진승철의 말처럼 그가 펼친 계약서는 기본급이나 분배 비율, 세금 문제나 무구의 제공 등에서 확실히 표준계약 서보다는 좋은 조건이 명시되어 있었다.

문제는 표준계약서라는 것이 말이 표준이지, 사실은 최소한의 조건에 대한 계약서라 할 수 있다는 점이었다.

유저로서 간신히 C등급을 받은 헌터라면 모를까, 오리진으로 C등급을 받은 칼스타인에게는 다소 박한 조건들이라 할 수 있었다.

"진 팀장님."

"네?"

"이게 최선입니까?"

"그게 무슨…."

칼스타인은 협회 앞에서 받은 명함들을 책상 위로 나열하며 말을 이었다.

"그래도 제가 알려지기 전에 저에 대해 파악한 정보력을 높이 사서 은하길드와 함께 일하려 했는데, 이렇게 나오시면 제게도 많은 선택지들이 있다는 것을 알려드려야 할 것 같군요."

"저 업체들 보다는 우리 은하에서 더 좋은 조건을…."

칼스타인은 명함을 보며 빠르게 말을 잇는 진승철 팀장의 말을 끊으며 말했다.

"제가 식물인간에서 깨어난 지 얼마 되지 않아서 세상 물정을 모르신다 생각하셨나 본데, 이런 식으로 나오시면 함께하기 힘들 것 같군요."

칼스타인은 길드에 오래 머무를 생각은 없었지만, 박정아의 문제로 돈이 필요하기 때문에 헐값에 일할 생각 또한 없었다.

칼스타인의 말에 그가 호락호락하지 않다는 것을 깨달은 진승철 팀장은 플랜B를 사용하여야겠다고 마음먹었다.

"허허. 이거 저희가 실수했네요. 오리진이라는 정보는

얻었지만 이 정도로 자신감이 넘치시는지는 몰랐습니다. 실력이 있으시면 그만큼 대접해주는 것이 당연한 일이겠지요. 나중에 알아보시면 아시겠지만 사실 지금 이 계약서는 초보 헌터에게 제시하는 조건으로 그리 나쁜 조건이 아닙니다."

확실히 진승철의 말처럼 그가 제시한 계약서는 표준계약서보다는 상당히 좋은 조건이긴 하였다. 그리고 타 길드에 비해서도 그리 박한 조건은 아니었다.

어차피 계속 같이 일을 하면서 정보를 얻다보면 다른 길드의 조건도 들을 수 있을 것인데, 세상 물정을 모른다는 이유로 단가를 후려친다면 몇 년은 좋을지 몰라도 계약 종료 후에 재계약은 물 건너갔다고 보아야 할 것이었다.

더군다나 헌터의 세계는 그런 정보들도 공유가 되기 때문에 다른 헌터들에게 은하길드가 단가 후려치기를 한다는 것이 알려진다면 새로이 우수한 인재를 유치하는 것에도 지장을 받을 수도 있는 문제였다.

따라서 지금 진승철이 제시한 계약서는 그의 말처럼 그리 나쁘지 않은 조건이었다.

문제는 칼스타인이 말단에서부터 시작해서 차근차근 올라갈 생각이 없다는 것이었다.

비록 몸 상태가 회복되지 않아 다소 몸을 사리고는 있지만, 칼스타인은 빠르게 길드 내부의 인정을 받아 몬스터의 사냥과 처리에 대한 노하우를 빨리 습득할 생각을 하고 있었다.

　아무래도 초보신입헌터로서 들을 수 있는 정보와 인정받는 헌터로서 들을 수 있는 정보는 다를 것이기 때문이었다.

　돈과 실력 증진의 두 가지 토끼를 다 잡아야 하는 칼스타인으로써는 당연한 선택이었다.

　그렇기에 지금 칼스타인은 진승철을 자극하여 강한 인상을 심어주려고 하고 있었다. 진승철은 그런 칼스타인의 생각을 받아들였는지 고개를 끄덕이며 말을 이었다.

　"하지만 이수혁씨께서 본인의 실력에 자신하고 있으니, 그 실력을 증명해주신다면 그 실력에 맞는 새로운 계약을 맺도록 하지요."

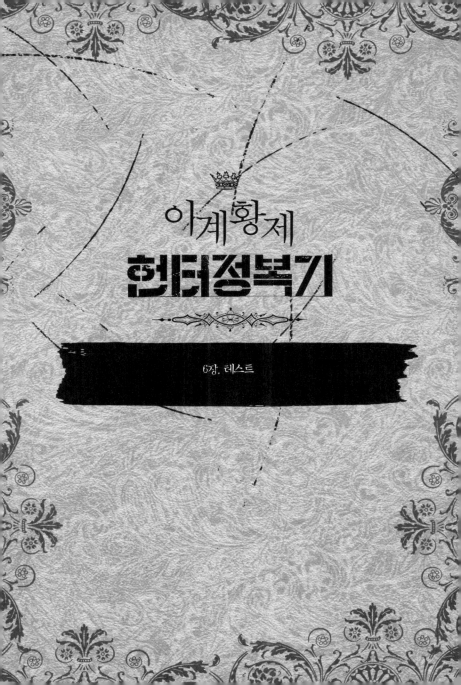

이계황제
헌터정복기

6장. 테스트

6장. 테스트

길드 차원에서도 아무런 실적도 경력도 없는 칼스타인에게 후하기만 한 계약을 할 수는 없는 노릇이었다.

그러나 진승철의 말대로 실력만 증명해준다면 초보헌터라 해서 좋은 계약을 하지 않을 이유는 없었다.

"증명이라. 어떻게 증명하면 되겠습니까?"

"협회의 헌터 라이센스는 시뮬레이션을 통해서 얻지 않았습니까? 하지만 그것은 시뮬레이션인 것이고 진짜 실력을 알아보려면 실전에서 증명하는 것이 가장 좋지 않겠습니까?"

실전 경험과 관계없다는 비판을 피하기 위해서 새로이

헌터 등급 판정 시스템을 전투 시뮬레이션을 통해 부여하는 것으로 개편하였지만, 그래도 실전과 시뮬레이션은 매우 큰 차이가 있었다.

사실 지금 칼스타인과 같은 반응을 보인 신입 지원자가 한 둘이 아니었기에, 대부분의 길드에서는 그에 대한 대응 매뉴얼이 있었다. 은하길드에서는 실전을 통해서 재평가하는 것이 그 방법이었다.

"실전이라 좋군요."

칼스타인의 속내는 알 수 없었지만 어쨌든 자신만만하게 말하는 그를 보며 진승철은 기대된다는 표정으로 살짝 미소를 지었다.

'실전을 겪어보면 알 수 있겠지. 저번 그 녀석처럼 자만심 넘치는 애송이 헌터인지, 아니면 기대가 되는 될성부른 떡잎인지 말이야.'

"쇠뿔도 단김에 뽑으라고 일단 지금 테스트가 가능한 곳이 있는지 알아보겠습니다. 잠시만 기다려주십시오."

칼스타인에게 말을 마친 진승철은 휴대전화를 들어 어디론가 전화를 걸었다.

"장 팀장. 나 인사팀 진승철이야. 어, 그래. 실전테스트 의뢰를 하려고, 등급은 C등급이고. 있다고? 몇 인용 홀인데? 5인? 5인용인데 여유자리가 있어? 아. 장 팀장이 직접

간다고? 오케이, 잘 됐네. 거기면 적당할 것 같아. 그래. 언제 진입이라고? 딱 좋네. 위치 좌표 찍어줘, 바로 지금 그리로 갈게."

전화를 끊은 진승철은 잘 되었다는 표정으로 칼스타인에게 말했다.

"지금 테스트를 하기 딱 좋은 몬스터홀이 있다는 군요. 홀의 등급은 C-하급입니다. 어떻습니까? 지금 바로 가시겠습니까? 준비할 것이 있다면 다음 기회에 도전하셔도 좋습니다."

막상 실제로 실전을 한다하면 발을 빼는 초보자들도 있기에 진승철은 확인차원에서 한 번 더 물었다.

"바로 가시지요."

"역시 시원시원하시군요. 그럼 이리로 가시지요."

칼스타인은 진승철의 차를 타고 개성시 밖에 있는 몬스터 홀로 향했다. 이미 장 팀장이 진승철에게 홀의 좌표를 알려준 상태라 차량은 거침없이 질주하여 얼마 지나지 않아 황해도 연백군에 있는 몬스터 홀에 도착하였다.

보통 몬스터 홀은 허공에 마나 기류가 뭉쳐져 있는 느낌에 가까운 모양이었는데, 지금 보이는 몬스터 홀 역시 직경 3미터 정도의 푸르스름한 기운이 작은 태풍처럼 소용돌이치고 있었다.

"장 팀장!"

차에서 내린 진승철은 몬스터 홀 앞에서 진입 준비를 하고 있는 한 헌터 팀을 확인하고 장 팀장을 불렀다.

진승철과 비슷한 연배인 30대 후반 정도로 보이는 장 길호 팀장은 시원시원해 보이는 호남형 스타일로 샤프한 외모를 지니고 있었다.

진입준비를 하던 장길호 팀장은 진승철의 목소리에 잠시 손을 멈추고 대답했다.

"오. 진 팀장, 왔어? 아. 이쪽이 이번에 테스트 한다는 신입?"

장길호가 칼스타인을 슬쩍 보며 말끝을 흐리자 칼스타인은 먼저 나서서 그에게 인사를 하였다.

"반갑습니다. 이수혁이라고 합니다."

"아. 반가워요. 그런데 실전테스트를 요구한 것을 보니 실력에 자신이 있는 것 같은데, 나중에 같이 일하게 되면 좋겠군요."

장길호는 이런 실전테스트를 해본 것이 처음은 아닌지 자연스럽게 칼스타인에게 인사를 하며 말했다.

"저도 그러면 좋겠군요."

"그럼 진입예정시간이 다되어서 바로 홀로 들어간 건데… 뭐 준비 할 것이 있습니까? 없다면 바로 들어가지요.

괜히 다른 길드가 몬스터 홀을 목격해서 실랑이를 벌이기 전에 말이에요. 팀원들과의 인사는 들어가서 나누는 것으로 합시다."

"네, 알겠습니다."

망설임도 없이 대답하는 칼스타인을 바라보며 장길호 팀장은 내심 혀를 찼다.

'아무 준비도 하지 않는다는 것을 보니 완전히 초짜 같은데? 초반에 확인해보고 안 되겠다 싶으면 끝날 때까지 베이스캠프나 지키라고 해야겠군.'

아무리 C급의 헌터라이센스를 땄다고 하지만, 실전을 뛰기 위해서는 최소한의 장비는 갖추어야 했다.

만일 장비 등을 언급하며 준비가 필요하다했다면 기본 장비를 빌려주었을 것인데, 칼스타인은 그런 말도 하지 않았기에 장길호는 칼스타인에 대한 기대치를 다소 낮추었다.

그렇게 장길호는 더 이상 칼스타인에게 신경을 쓰지 않고, 마지막으로 준비된 물품에 대한 보고를 받고 팀원들에게 몬스터 홀의 진입을 명령하였다.

장길호는 팀장으로서 가장 앞서 홀에 들어가려 하였는데, 들어가기 직전 칼스타인에게 질문을 던졌다.

"홀에 들어가는 방법은 알고 있죠?"

"네, 홀에 마나를 주입하면 된다고 하던데… 혹시 이것도 바뀌었나요? 헌터 등급 측정방법은 바뀌었던데 말이죠."

"아. 그렇죠. 등급 측정 방법은 바뀌었죠. 하지만 홀에 들어가는 방법은 그대로에요. 등급 측정이야 인간의 필요로 인해 만들어졌으니 많은 사람들이 요구하면 수정이 가능하겠지만, 카르마 시스템이나 홀은 애초에 누가 무슨 목적으로 만든 지 알 수 없으니 아마 바뀌지 않을 것 같지 않나요? 허허허. 어쨌든 안에서 봅시다."

그렇게 말을 마친 장길호 팀장은 홀의 옆에 서서 마나를 주입하더니 사라졌다. 홀의 안으로 들어간 것이었다.

그와 동시에 몬스터 홀의 표면에서 소용돌이치던 기운이 잠잠해졌다. 홀이 활성화 된 것이었다.

활의 활성화를 확인한 세 명의 팀원들은 칼스타인을 한 번씩 흘끔흘끔 보더니 한명씩 차례로 홀에 들어갔다.

"그럼 저도 들어가 보겠습니다."

칼스타인은 몬스터 홀에 들어가기 전 진승철에게 인사를 하였다.

"일단 저는 돌아갈 테니 사냥을 마치시면 5조, 아니 장팀장 조와 함께 복귀하시면 됩니다. 5인용 홀이니 빠르면 6시 안에 클리어 할 수도 있겠네요. 복귀하시고 나면 저를 찾아주시면 됩니다. 그럼 건승을 빕니다."

인사를 나눈 칼스타인이 몬스터 홀에 대고 마나를 주입하자, 눈앞에 카르마 시스템의 상태창과 비슷한 형태의 글자들이 떠올랐다.

[몬스터 홀 정보]

등급 : C-하급 인원 : 4/5

타입 : 던전 상태 : 진입 중

홀의 오픈까지 남은 시간 : 1day 23:15:16

홀의 진입 가능 시간 : 03:56

몬스터 홀의 입장 방법은 조금 전 장길호 팀장이 말했던 것처럼 바뀌지 않았다. 몬스터홀의 세부정보를 확인한 칼스타인은 이수혁의 기억에 따라 한 번 더 마나를 주입하였다.

그러자 그의 몸이 어디론가 빨려 들어가는 것이 느껴졌다. 마치 액체로 가득 찬 좁은 튜브를 빠져나가는 듯한 느낌이었다. 다만, 그 시간은 그리 길지 않았다.

"으음?"

약한 신음성을 내뱉으며 주위를 확인해보니 지금 있는 곳은 오래된 석실인 것 같았다.

그러나 지금 칼스타인이 내뱉은 신음성의 이유는 장소가 바뀌었기 때문은 아니었다. 어차피 몬스터홀의 정보에 던전형이라 표시되어 있었기에 대략 이런 분위기일 것이라 생각하고 있었다.

다소 놀랐다는 듯한 칼스타인의 태도는 바로 이 몬스터 홀 안에는 필드에 비해서 월등히 높은 밀도의 마나가 가득 차 있었기 때문이었다.

이런 곳에서 수련을 하면 빠르게 마나를 회복할 수 있을 것이라 생각하는 칼스타인의 귀에 누군가의 박수소리가 들려왔다.

짝짝짝~

"처음 들어오는 것이라 했는데 용케 쓰러지지도 않고 잘 버티는군요."

장길호 팀장이었다. 장길호는 대견하다는 듯한 눈빛으로 칼스타인을 보며 계속 말을 이었다.

"사실 처음 몬스터 홀에 들어오는 헌터들은 상당수가 정신을 잃거나 토하는 등 추태를 보이는 경우가 많죠."

그러면서 한 쪽에 있는 세 명의 헌터를 보며 말했다.

"소영이가 처음에 아마 기절했던 것 같고, 현수가 토했었지? 중묵이만이 좀 비틀거렸긴 해도 멀쩡한 축에 들어갔지."

장길호의 지적을 받은 두 명의 헌터는 부끄러움을 느낀 듯 얼굴을 붉혔다. 그 중 박소영은 발끈하며 장길호에게 외쳤다.

"팀장님! 신입 앞에서 옛날 일 꺼내고 그러시기에요?"

"하하하. 부끄러워? 천하의 박소영이 부끄러움을 타다니 전혀 뜻밖인 걸? 어쨌든 홀 안에 들어왔으니 다들 인사나 하자고."

칼스타인은 자신이 신입인 것을 인지하고 있었기에 장길호의 말에 가장 먼저 나서서 인사를 하였다.

"이수혁이라고 합니다. 나이는 … 27살이고 오늘 헌터 라이센스를 받았습니다. 등급은 C급입니다."

"오호~ 오늘 받았는데 C급이라고? 대단한데? 난 몇 년째 D급에 머물러 있구만. 역시 오리진은 다르단 말이야."

오리진에 대한 이야기하는 것을 보니 칼스타인에 대한 대략적인 정보는 이미 알려진 듯해 보였다.

"아, 내 소개를 하지. 이름은 박소영이라고 해. 나이는 28살이고, 아까 말한 대로 등급은 D등급이야. 은하 길드에 들어온 지는, 음… 벌써 오 년이나 되었네. 아. 주력은 원거리 공격이야. 27살이면 현수랑 동갑이네? 현수야. 네 차례야."

깔끔한 단발머리 스타일의 박소영은 그리 미녀라 할 수는 없었지만, 낯가리지 않는 쾌활한 성격이 매력적인 여성으로 보였다. 그리고 그 성격처럼 거침없는 반말과 함께 자신의 소개를 마쳤다.

박소영의 말을 들은 김현수는 소개를 하는 대신 잠시 칼스타인을 바라보다가 입을 열었다.

"서울아카데미 24기 이수혁 맞지?"

김현수가 소개 대신 이수혁의 이름을 말하며 반문하자 박소영은 신기하다는 표정으로 물었다.

"응? 아는 사이야?"

"네, 이름을 듣고는 긴가민가했는데 들어와서 얼굴을 보니 알겠네요. 이 녀석이 오리진이라니 세상 참 모를 일이네요."

아카데미를 언급하기 전까지 칼스타인은 김현수가 누구인지 인식하지 못했으나, 그가 아카데미를 말한 순간 그때의 기억이 떠오르며 김현수가 어떤 인간인지 알 수 있었다.

과거 이수혁을 주도적으로 괴롭히던 박창수의 하수인과 같은 녀석으로 직접적으로 이수혁을 괴롭히지는 않았지만, 간접적으로는 상당한 괴롭힘을 가했던 녀석이었다.

'전형적인 강자에게 약하고, 약자에게 강한 그런 놈이군.'

칼스타인이 어떤 생각을 하는지도 모르는 채 김현수는 그에게 반갑다는 제스쳐를 취하면서 계속 말을 걸었다.

"야. 네가 식물인… 아니, 그렇게 됐다는 것을 듣고 놀랐어. 그 때는 애들이 너무 어려서 정도를 넘었던 것 같아. 나도 그렇고… 지금이라도 미안하다는 말을 하고 싶다. 미안하다, 이수혁."

칼스타인이 C급의 라이센스를 획득해서 그런지 김현수의 태도는 과거 이수혁의 기억 속의 모습과는 너무도 달랐다.

"어려서 정도를 넘었다라… 하하하하."

김현수의 말에 칼스타인은 오래간만에 큰 웃음을 터트렸다. 헤스티아 대륙을 포함해서도 이렇게 큰 웃음소리를 내는 것은 오랜만이었다.

둘 사이에 뭔가가 있다고 느낀 박소영은 궁금하다는 표정을 감추지 않고 칼스타인에게 물었다.

"왜 그래? 뭐가 그리 우스운 거야?"

"아. 저 녀석과 그 친구들의 괴롭힘으로 이수혁, 아니 제가 자살시도까지 하였는데 단지 정도를 넘었다는 말로 넘어가려는 것이 너무 우스워서요."

"뭐어? 현수 너 정말 그런 거야?"

"아… 그… 그게….."

김현수는 칼스타인이 과거의 일에 대해서 이렇게 대놓고 이야기 할 줄은 몰랐기에 당황하는 기색을 숨기지 못하였다.

그런 김현수의 모습에 팀원들은 칼스타인의 말이 사실임을 직감적으로 파악할 수 있었다.

특히, 박소영의 생각에 김현수는 조금 약았긴 했지만 그렇게 나쁜 녀석은 아니었는데, 지금 칼스타인의 말을 들어보니 그 정도가 아닌 것 같아도 꽤 놀란 상황이었다.

"아. 괜찮습니다. 그 일로 식물인간의 삶을 겪었지만, 이제는 각성까지 해서 다 회복했으니 말입니다. 어쨌든 앞으로는 제가 그 일을 떠올리게 하지 않았으면 좋겠네요. 김.현.수.씨."

칼스타인은 마지막 김현수의 이름을 끊어서 말 할 때 다른 사람들이 눈치 채지 못하게 광폭한 살기를 담아냈다.

무슨 이유인지를 알 수 없었으나 마치 고등급 몬스터가 자신을 노리는 것 같은 느낌에 김현수는 순간적으로 빙굴에 들어간 것 같은 오싹함을 느꼈다.

당장 확인할 수는 없었지만, 바지에 오줌마저 살짝 지린 것 같았다.

"그… 그래…."

지금까지 칼스타인은 굳이 이수혁의 복수를 할 생각은 없었다. 오히려 지구보다 훨씬 심한 약육강식의 세계에서 살아온 그로서는 그 정도 괴롭힘에 목숨을 버린 이수혁을 한심하게 생각했을 뿐이었다.

하지만 지금 이수혁을 괴롭힌 당사자 중 한명을 만나자 이수혁의 과거 기억들이 삽시간에 표면으로 떠오르며 칼스타인에게 엄청난 불쾌감을 선사하였다. 마치 과거 칼스타인 자신이 과거 노예로 학대를 당할 때의 느낌과도 같았다.

지금 기분으로는 눈앞에 있는 김현수를 찢어버리고 싶었다.

'이런 기분이라면 복수를 하는 것이 나을 수도 있겠군.'

보통 복수의 끝은 허무하다고 하지만, 칼스타인은 그 말에 동의하지 않았다. 그의 삶 역시 과거의 복수를 위해서 살아온 삶이었고, 지금 칼스타인은 자신의 삶에 만족하고 있었다.

복수라는 원동력이 자신을 극한으로 몰아붙여 힘을 얻게 하였고, 친구를 만나게 하였고, 제국까지 세우게 하였다.

다만, 이 복수라는 것은 꼬리에 꼬리를 물면서 또 다른 복수를 낳을 수 있다는 것 또한 잘 알고 있기에 준비되기 전에 섣불리 복수에 나설 생각은 없었다.

둘의 대화를 통해서 대강 무슨 일이 있었는지 파악한 장 팀장은 분위기를 전환하기 위해서 박수를 한번 치더니 입을 열었다.

"흠. 중묵이까지만 간단히 소개하고 사냥을 시작하자."

등에 커다란 방패를 걸고 있는 김중묵은 키가 2미터에 육박하고 덩치도 보통사람들보다 훨씬 큰 거한으로 장 팀장의 시선에 마지못해 입을 열었다.

"김중묵이다."

"에휴. 저 녀석은 사교성 좀 키워야 한다니까. 난 여기 C-2팀의 팀장 장길호라고 한다. 우리 길드와 계약할지 안할지는 아직 모르지만, 일단 홀 안에 들어온 이상 내 지시를 따라 주도록. 아. 반말해도 괜찮지?"

장길호는 지금까지 반 존대를 버리고 반말로 칼스타인에게 물었다.

"네, 같이 일하게 될지도 모르는데 그렇게 하시죠."

"하하. 시원시원해서 좋군. 뭐 오리진에 시작이 C급이면 같이 일한다 해도 얼마 하진 못할 것 같지만 말이야."

그렇게 고개를 끄덕인 장길호는 모두를 보며 계속해서 말을 이었다.

"자, 간단한 브리핑부터 하고 시작하지. 들어올 때 봐서 알겠지만 C-하급 5인용 던전형 몬스터 홀이다. 5인용인 만큼 몬스터가 많아봤자 30마리 정도겠지. 내가 앞장서서 길을 뚫을테니 사주경계 확실히 하고 따라오도록, 던전형태의 몬스터홀이니 대형은 기본 A형이다. 아. 수혁이는 처음이니까 일단 대형의 중간에서 따라와 줘."

"네."

"일단 소영이가 탐지안부터 발동해서 간략한 지도를 그려줘."

몬스터 홀에 들어오면 무슨 이유인지 전자 기기들은 일체 사용할 수가 없었다. 그래서 바깥에서 많이 쓰이는 대 몬스터용 강화슈트나 전자기 라이플, 몬스터 탐지 레이더 같은 대 몬스터용 장비들은 몬스터 홀 안에서는 무용지물이었다.

그래서 필드라면 몬스터 탐지 레이더 등을 통해서 몬스터를 찾지만 몬스터 홀에서는 어떤 형태의 홀을 들어가든지 탐지계통의 능력을 가진 헌터는 필수적이었다.

어차피 필드에서도 위험지대인 레드존에서는 전자기기의 사용이 원활하지 않아, 탐지계통의 능력은 언제나 필요하긴 하였다.

그리고 그 탐지 능력은 보통 원거리공격형 헌터나, 지원형 헌터가 구해놓는 것이 일반적이었다. 이 C-2팀도 원거리 공격을 담당한 박소영이 탐지안을 갖고 있었다.

"네, 잠시만요."

박소영의 말과 함께 그녀의 눈가가 푸르스름하게 변했다. 잠시 멍하게 허공을 바라보는 것 같던 모습을 보이던 그녀는 주변의 탐색이 끝났는지 빈 종이에 이리저리 지도를 그리기 시작했다.

개략적인 지도 작성까지 마친 박소영은 지도에 1번부터 5번까지 번호를 쓴 후 각 방에 몬스터를 표시하기 시작했다.

"일단 제 탐지안 하늘소의 눈으로는 다섯 개의 방 정도밖에 안보이네요. 다섯 번째 방에서 다시 한 번 눈을 사용해야 할 것 같아요. 몬스터는 1번방에 E급 세 마리, 2번방에 D급 두 마리가 있구요. 3번 방이랑 4번 방은 없어요. 대신 5번 방에는 능력이 보이지 않는 것이 아마 C급 몬스터가 한마리 있는 것 같아요."

탐지안으로 자신의 능력을 넘어서는 몬스터나 결계는 볼 수 없었지만, C-하급 던전에서 나올 수 있는 가장 강한 몬스터는 C급이기에 박소영은 당연히 C급 몬스터라 예상했다.

"오케이, 별 것 아니지? 쉽게 쉽게 가자고."

말을 마친 장길호는 손에 검을 빼어 들고 다음 석실로 이동하기 시작하였다.

대형은 장길호가 가장 앞에 박소영과 칼스타인, 김현수가 그의 뒤에 섰고, 김중묵이 후미를 맡는 형태의 대형이었다.

오십여 미터 정도 크기의 스타팅 포인트를 벗어나 다음 방으로 접어들기 전에 장길호는 입구에 서서 방 안을 살펴보았다.

던전형 홀은 어디서 새어나오는 빛인지 은은한 조명이 있어 완전히 시야를 가리지는 않았는데, 군데군데 서 있는 장애물에서 튀어나오는 갑작스런 몬스터의 기습을 조심해야 하는 타입의 홀이었다.

지금도 일행 앞에는 ㄱ자 모양의 벽이 서있었는데, 기습을 우려해서 그런지 바로 벽 너머로 가지 않고 장길호 팀장은 품속에서 주먹만한 녹색공을 꺼내어 벽 너머로 던졌다.

탁~ 데구르르~

가벼운 충돌음과 함께 벽 너머로 넘어간 녹색공은 이

으고 취익하는 소리와 함께 연녹색의 기체를 뿜어내기 시작했다.

"케에엑!"

기체가 몬스터들을 자극했는지 괴상한 비명소리와 벽 뒤에서 세 마리의 녹색 괴물이 튀어 나왔다.

2미터 정도 크기의 인간형의 몬스터는 국부를 가죽으로 가리고, 오른손에 몽둥이를 들고 있었는데, 벽 뒤에서 전투태세를 잡고 있는 일행들에게 또다시 괴성을 지르며 일행에게 덤벼들었다.

"키이익!"

"캬캬!"

"오크다! 포메이션 역A!"

장길호의 명령에 따라서 박소영이 뒤로 물러나고 김중묵이 전면으로 나섰다. 전면에 나선 김중묵은 들고 있던 방패에 마나를 주입하며 크게 기합성을 내뱉었다.

"하압!"

쾅쾅쾅!

김중묵의 기합에 따라 안 그래도 커다란 방패는 순간적으로 더 커진 듯한 느낌을 주며 오크들의 몽둥이를 막아내었다.

그 사이 김중묵의 방패를 돌아간 장길호와 김현수는

날카로운 검격을 뻗어내었다. 장길호는 서둘러 자신에게로 방향을 틀어서 내려치는 몽둥이를 자연스럽게 피해내며 오크의 목을 갈라냈지만, 김현수는 자세를 제대로 잡지 못했는지 오크의 팔에만 살짝 생채기를 낸 걸로 공격을 그치고 말았다.

동시에 자세가 허물어져 한 마리 더 남은 오크가 해오는 공격에 제대로 대응하기 힘들어보였다. 그 모습을 본 장길호가 급하게 외쳤다.

"소영아!"

"봤어요!"

외침과 함께 박소영은 활시위를 놓았고 쏘아진 화살은 정확하게 김현수를 공격하는 오크의 눈에 틀어박혔다.

"케엑!"

뒤통수로 화살촉이 튀어나온 걸로 봐선 즉사라 볼 수 있었다. 그 사이에 장길호는 팔에 상처가 난 오크의 목을 베어버렸기에, 순식간에 세 마리의 오크를 해치운 것이었다.

장길호 팀장은 이미 죽은 오크들에게 확인 차 한 번씩의 검격을 더 날린 후, 김현수에게 말했다.

"김현수! 포메이션에 따른 기본 대응, 연습하라고 했어! 안했어!"

장길호의 강한 질책에 김현수는 아무 말도 못한 채 머리만 조아렸다.

"D급 몬스터인 오크 정도야 네가 아무리 동급인 D급 헌터라 하더라도 포메이션대로만 잘 움직이면 쉽게 처리할 수 있잖아!"

보통 헌터의 등급은 해당 등급의 몬스터와 일대일로 상대할 수 있을 때 주어진다. 즉, A급의 헌터는 A급의 몬스터를 일대일로 잡을 수 있고, B급의 헌터는 B급을 일대일로 잡을 수 있다 알려져 있었다.

이것도 S급이나 SS급으로 올라가면 조금 다른 이야기가 되겠지만, 일반적으로 S급 아래로는 해당 등급의 헌터는 동급의 몬스터와 충분히 해 볼만 했다.

문제는 해 볼만 하다는 것은 100%의 승률을 보장하는 것이 아니었다. 세부등급에 따라 상당한 차이는 있겠지만, 동일 등급의 몬스터와 싸운다는 것은 기본적으로 헌터 역시 몬스터에게 패할 확률이 있다는 이야기였다.

따라서 대부분의 헌터들은 일대일로는 동일 등급의 몬스터와 싸우는 것은 웬만해선 선호하지 않았다. 아니 피하고 있었다.

이런 이유로 대부분의 헌터들은 길드나 팀을 이루어서 몬스터를 사냥하는 것이었다.

만일 D급 헌터 김현수 역시 D급 몬스터인 오크와 일대
일로 싸운다면 승리를 장담할 수 없을 것이나, 지금은 팀
으로 싸우는 중이었다.

장길호의 말처럼 그가 포메이션만 제대로 숙지해서 움
직였다면 별 다른 위험 없이 오크를 잡을 수 있었을 것이
었다.

김현수는 말을 하지는 못했지만 장길호의 질책을 들으
며 속으로 생각했다.

'계속 연습했던 동작인데 왜 몸이 그렇게 움직이지 않
았지?'

분명 많은 연습을 통해서 그 동작은 숙지하고 있었는
데, 조금 전 결정적인 상황에서 그의 몸이 움직이지 않았
었다. 마치 등 뒤에서 화살이 쏘아지는 것과 같은 섬뜩함
을 느꼈기 때문이었다.

이상한 생각에 김현수가 뒤를 돌아보자 그의 등 뒤에
서는 칼스타인이 뜻 모를 미소를 짓고 있었다.

'설마….'

설마라고 생각은 했지만, 아까 전 칼스타인이 자신을
바라봤을 때 빙굴에 빠진 것과 같은 비슷한 느낌이라 어
느 정도 범인을 확신하고 있는 김현수였다.

이후로도 방을 옮기면서 몬스터 홀을 공략해 나갔는데

그 때마다 김현수는 등골이 섬뜩한 느낌에 포메이션의 동작을 제대로 해내지 못하여서 번번이 박소영의 도움을 얻었다.

처음에는 강한 어조로 지적하던 장길호도 계속되는 김현수의 실수에 어느 정도 포기했는지 표정을 굳히고 더 이상 말하지 않았다.

그렇게 10번 째 방을 공략하기 전 장길호는 칼스타인에게 말을 건넸다.

"이제 대충 어떤 식으로 몬스터를 상대하는지 알겠지? 지금 소영이의 탐색 결과에 따르면 저 방에는 D급 몬스터가 두 마리 있다고 하니까 수혁이 네가 한 번 상대해 볼래? 여기까지 왔으니 실전 테스트를 해야 하잖아."

장길호는 쉽게 이야기 하고 있지만 아무리 몬스터보다 등급이 높다하더라도 처음 사냥을 시작하는 헌터가 장비도 없이 몬스터를 상대하는 것은 쉽지 않은 일이었다.

제안을 하는 장길호 역시 칼스타인이 순순히 나설 것이라는 생각은 하지 않고 있었다. 그리고 나서지 않는다면 인사팀에서는 그것을 빌미로 계약 조건을 박하게 만들 것이었다.

이것이 은하 길드의 초보 헌터를 길들이는 방법이었다. 하지만 칼스타인은 당연히 그들의 예상과는 달랐다.

"네, 그렇게 하죠."

"어? 괜찮겠어? 장비도 없는 데 말야."

"말씀하실 때도 제가 장비가 없는 건 아셨지 않나요?"

"그… 그렇긴 하지만… 음… 그럼 예비 장비라도 빌려줄까?"

길들이기를 위해서 기본 장비조차 지급하지 않았기에 장길호는 약간 당황해하며 그의 말을 받았다.

"괜찮습니다. 이 정도도 못한다면 C급 라이센스가 아깝겠지요."

칼스타인은 이 정도 길들이기 정도는 과거 용병 시절에 수없이 많이 겪었다. 당연히 그 길들이기는 지금보다 난폭하고 위험한 방법이었기에 지금 은하길드의 방법은 그에게 작은 웃음을 줄 뿐이었다.

그렇게 칼스타인이 방 안으로 걸어 들어가자 장길호는 칼스타인의 뒤를 따르며 작은 목소리로 팀원들에게 말했다.

"소영아. 혹시 수혁이가 위험해 진다면 즉각 지원 사격을 해. 그리고 너희들도 즉각 대응 공격을 할 수 있는 거리에 자리 잡고 있고."

"네, 팀장님."

"네!"

"알겠습니다!"

그 사이 칼스타인은 방 중앙에 가까워졌고, 방의 구석에 있던 도마뱀 인간 모습의 몬스터 두 마리가 그를 발견하고 검을 빼어든 채 천천히 다가왔다.

'리자드맨이군.'

푸르스름한 피부를 가진 리자드맨은 어느 정도 지능이 있는지 조악한 갑주와 검과 방패를 손에 들고 있었다.

뱀과 같은 검은 혀를 낼름거리면서 천천히 칼스타인의 인근까지 다가온 두 마리의 리자드 맨은 공격이 가능한 거리가 되자 신속하게 몸을 움직여 각각 칼스타인의 상체와 하체를 노리며 공격하였다.

하지만 이 정도의 공격은 칼스타인에게는 아무 것도 아니었다. 칼스타인은 물 흐르듯이 공세를 피해내며 오른쪽에 있는 리자드맨의 머리를 가격하였다.

번뜩이는 칼스타인의 주먹은 상당한 마나가 실려 있었고, 그의 주먹에 가격당한 리자드맨의 머리는 두부가 부서지듯이 터져나가고 말았다.

"키에엑!"

리자드맨은 동료애가 있는지 왼쪽의 리자드맨은 동료의 죽음에 비명과도 같은 괴성을 지르며 좀 전보다도 강한 힘으로 반월형으로 휘어진 칼을 휘둘렀다.

다소 위험해 보일 수 있는 공격이었지만 지금 보여준 칼스타인의 무위를 보았을 때 어렵지 않게 처리할 수 있는 공격이었다.

예상대로 칼스타인은 리자드맨의 공격을 막아냈지만 그 결과는 예상과는 다소 달랐다.

채앵~!

"으윽!"

칼스타인이 리자드맨의 칼을 막고 맨손으로 목을 끊어 버린 것까지는 예상했던 범위 안에 있던 일이었다.

하지만 뜻 밖에 칼스타인이 막아낸 리자드맨의 칼이 부러졌고 부러진 칼은 김현수를 향해 날아갔다. 공방을 보고 있던 김현수는 급히 자신의 검을 들어 칼을 막아냈지만 왼쪽 팔뚝이 길게 베이는 것까지는 막지 못하였다.

"현수야!"

박소영이 김현수의 이름을 부르며 그의 몸을 살폈는데, 치명상이라 할 정도는 아니었다.

"으윽… 누나 괜찮아요."

괜찮다는 말을 하는 김현수는 칼스타인을 슬쩍 바라보았는데, 칼스타인은 여전히 알 듯 모를 듯 한 미소를 짓고 있었다.

'저 자식… 나를 노렸어….'

김현수는 확신하고 있었지만, 칼스타인이 워낙 자연스
럽게 움직여 지금의 상황은 단순한 전투 중에 벌어진 사
고 정도 밖에 보이지 않았다.

그리고 이 정도 일은 원래 전투 중에 비일비재하게 벌
어지는 일이라 장길호나 다른 팀원들은 전혀 칼스타인을
의심하지 않았다.

"일단 하급 포션 하나 까서 반은 마시고 반은 발라. 에
이. 이 정도 던전에 포션까지 까다니… 휴…."

장길호의 간접적인 질책에 김현수는 죄송하다는 표정
으로 그에게 말했다.

"팀장님. 이 정도면 버틸만 합니다. 굳이 포션은 안 마
셔도…."

그런 김현수의 말에 장길호 팀장은 안색을 굳히고 그
의 이름을 불렀다.

"김현수."

톤이 한껏 낮아진 장길호의 목소리에 김현수는 긴장하
며 대답했다.

"네… 넷!"

"내가 너 지금 이뻐서 포션 주는 거 같아? 포메이션 하
나 제대로 익히지도 못한 너를?"

"아… 아닙니다."

"혹시 네가 부상 때문에 버벅 거리다 위기에 처하면 널 구하기 위해서 또 다른 동료들이 위험을 무릅써야 하지 않겠어? 그러니까 주는 거다. 잔소리 말고 마셔!"

"네… 팀장님…."

그렇게 김현수를 질책한 장길호는 얼굴표정을 바꾸어 칼스타인에게 대견하다는 듯 말했다.

"오. 역시 C급은 다르네. 맨 손으로 D급 몬스터 두 마리를 잡아내다니 말이야."

장길호는 잘 하긴 했지만 큰일은 아니라는 정도의 반응을 보였지만, 내심 꽤나 놀라고 있었다.

C급 헌터가 된지 몇 년이 지난 자신으로서도 맨손으로 리자드맨 두 마리를 상대하는 것은 쉽지 않은 일이기 때문이었다.

"뭐 이정도 가지고요. 테스트는 이것으로 끝인가요? 아니면 계속 해야 하는 건가요?"

"일단 나중에 한 번 정도만 더 해보자. 그래도 두 번은 해야지 우연이라는 말은 없겠지."

어차피 기록 수정에 의해서 전투 상황들은 다 기록될 것이었기에 우연이라는 말이 나올리는 없겠지만, 그래도 장기호는 노파심에 칼스타인에게 말을 전했다.

"뭐 그러죠."

이후의 사냥 역시 순조로웠다. C-하급 던전인만큼 가장 강한 마물은 C급에 불과하였다. 장길호와 김중묵이 C급 라이센스를 갖고 있고 원거리공격 및 지원을 담당하는 박소영 역시 숙련된 D급의 헌터이기 때문에, 짐덩이나 다름없는 D급의 김현수나 별로 전투에 참여하지 않는 칼스타인이 있더라도 어렵지 않게 사냥은 진행되었다.

"저기 마지막 방인 것 같아요. 던전형 몬스터 홀은 이런 게 편하다니까요. 대부분 처음과 끝이 뻔하게 정해져 있으니 말이에요."

박소영은 홀가분하다는 말투로 일행을 보며 말했다. 작은 규모의 홀이라 하지만, 홀에 들어온 지도 벌써 4시간째이니 지겨울 만도 하였다. 그런 박소영의 말에 김현수가 그녀의 말을 받았다.

"그래도 미로식 던전형 홀은 그리 쉽진 않잖아요."

"그래봤자, 정글형이나 도시형보다는 낫지."

"뭐 그건 그렇지만…"

김현수는 분위기를 전환하기 위해서 이런 저런 말을 꺼냈지만, 그의 실수에 표정이 굳은 장길호는 김현수의 말을 받아주지 않았다.

'은하에 들어온 지 아직 1년도 채 안 됐는데 여기서도

밀리면 안 되는데….'

지금의 분위기라면 더 이상 장길호의 팀에, 아니 은하 길드에 있기조차 힘들 것 같았다.

'다 저 녀석 때문이야!'

김현수는 과거 자신이 한 일도 생각하지 않고, 오늘 있었던 일 때문에 칼스타인을 원망하는 마음을 품었다.

그런 김현수의 마음을 아는지 모르는지 칼스타인은 여전히 뜻 모를 미소만을 짓고 있을 뿐이었다.

"자, 출구에 도착했군."

장길호는 출구라 말했지만, 이 방 역시 다른 방과 크게 다르지 않는 방이었다. 다만 방의 가운데에는 푸르게 빛나는 사람 머리만한 돌이 하나 떠올라 있었다.

바로 몬스터 홀의 코어였다. 이 코어가 헌터들이 필드가 아닌 몬스터 홀에 들어오게 하는 주요동인 두 가지 중 하나였다.

일반적으로 헌터들은 필드의 몬스터를 잡는 것보다 몬스터 홀에 들어오는 것을 선호하였다.

같은 등급의 몬스터라도 필드보다 몬스터 홀에서 잡은 몬스터의 마정석 질이 좀 더 좋다는 이유도 있었지만 그것만으로는 위험한 몬스터 홀에 들어올 이유가 되지는 않았다.

왜냐하면 레드존을 제외한 필드에서는 각종 대몬스터 장비를 사용할 수 있기 때문에 몬스터 홀에서 보다 월등히 안전한 사냥이 가능했기 때문이었다.

하지만, 몬스터 홀에서는 결코 필드에서는 얻을 수 없는 것을 구할 수 있었다. 바로 코어와 아티팩트였다.

먼저 코어는 몬스터 홀을 구성하는 홀의 핵으로 그 내부에 상당한 마나를 품고 있었다. 여기까지는 몬스터의 마정석과 크게 다른 것이 없었지만, 마정석과 가장 큰 차이점은 홀이 가진 마나의 순도가 마정석의 그것보다는 월등히 높다는 것이었다.

그 순도 덕분에 몬스터 홀의 코어는 한 등급 위의 마정석을 사용해야 하는 마법무구에 사용해도 큰 지장이 없을 정도였다. 당연히 그 가격 또한 한등급 위의 마정석과 비슷하였다.

그러나 정작 헌터들이 몬스터 홀에 들어오는 가장 큰 이유는 아티팩트라는 대박을 노리기 위해서였다.

이런 코어는 모든 몬스터 홀에 하나씩 있었지만, 아티팩트는 매우 드물게 나타나는 마법무구였다. 그리고 드문 만큼 그 가치는 상상을 초월하였다.

아티팩트는 검이나 창, 갑옷과 같은 무구부터, 반지, 목걸이 같은 악세사리까지 다양한 종류로 나타났는데,

그 형태와 무관하게 아티팩트들은 대단한 마법적 능력을 지니고 있었다.

이 아티팩트 역시 시스템과 마찬가지로 초월적인 누군가에 의해서 제공되는 것이다 보니 시스템 상으로 그 정보가 나타났다.

아티팩트는 일반 등급부터 고급, 희귀, 영웅, 전설, 신화 등급의 나뉘어 표시되어 있었는데, 알려져 있기로는 신화등급은 SS급 몬스터 홀, 전설 등급은 S급 몬스터 홀 이상에서만 나타난다고 하였다.

영웅등급은 A급, 희귀 등급은 B급, 고급 등급은 C급 이상의 몬스터 홀에서 등장하며, 일반등급은 몬스터 홀이라면 어디서든 등장할 확률이 있었다. 실제 F급의 몬스터 홀에서도 일반 등급의 아티팩트를 구한 팀이 있다고 하니 사실일 가능성이 높았다.

특히, 영웅급 이상에서 드물게 나타나는 각인 아티팩트들은 헌터의 영혼에 아티팩트가 각인되어 언제 어디서든 그 주인만이 무구를 소환할 수 있다고도 알려져 있었다.

능력자가 등장한 이후 인류 역시 마법 무구나 장비 등을 만들고 있었지만, 아직 고등급 아티팩트와 비교할 수 있는 상황은 아니었다.

물론 수많은 마법사들이 아티팩트를 연구하고, 그 연구를 기반으로 하여 마법 물품들을 만들고는 있으나 이제야 간신히 고급 등급과 비슷한 정도의 아티팩트와 비슷한 수준의 장비를 만들어냈을 뿐이었다.

그리고 그것을 만드는 것에만 해도 엄청난 비용이 들어가기 때문에 마법사가 만든 인조 아티팩트 보다는 차라리 일반이나 고급 등급의 아티팩트를 사는 것이 더 가격대비 효율이 좋은 상황이었다.

어쨌든 이런 이유로 대부분의 젊은 헌터나 길드들은 몬스터 홀의 사냥을 주요 목표로 하였고, 필드의 몬스터들은 정부의 요청이나 특수한 몬스터들의 사체를 확보하기 위해서 이루어지는 경우가 많았다.

"음…."

코어에 손을 올리고 마나를 주입한 장길호는 자신의 눈 앞으로 떠오른 창을 보며 약한 신음성을 내뱉었다.

[몬스터 홀 정보]

등급 : C-하급 잔여 몬스터 : 5

몬스터 홀을 클리어 하시겠습니까? (Y/N)

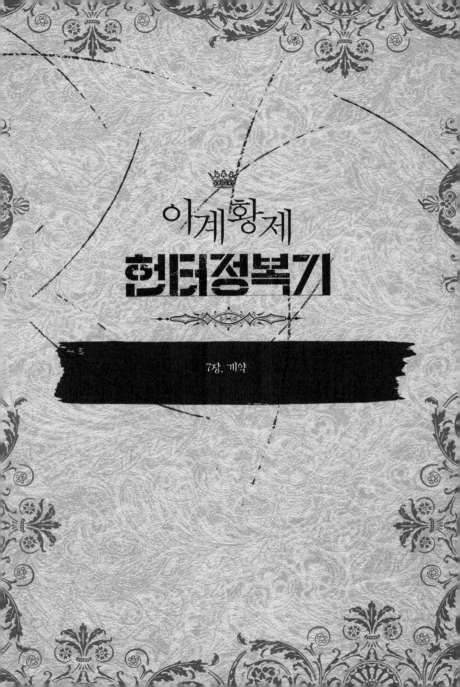

이계황제
헌터정복기

7장. 계약

7장. 계약

장길호는 클리어에 대한 물음에 답을 하지 않은 채 코어에서 손을 떼고 일행에게 물었다.

"잔여 몬스터가 다섯 마리 있어. 어떻게 할래? 한 번 더 돌아서 처리할까? 아니면 여기에서 끝낼까?"

몬스터 홀을 벗어나는 유일한 방법은 몬스터 홀 안에 있는 모든 몬스터를 처리하는 방법 뿐이었다.

그러나 상식적으로 생각해보면 몬스터가 은신을 하거나 몬스터 홀이 너무 넓어 몬스터를 찾지 못하는 경우도 있을 것이었다. 그리고 그런 경우에는 그 몬스터들을 잡을 때까지 영영 몬스터 홀에 벗어나지 못한다 생각할 수도 있었다.

하지만 이 시스템을 만든 자가 누구인지 몰라도 시스템은 그런 경우를 대비하고 있었다.

몬스터 홀에 있는 코어를 찾아 홀을 클리어한다는 선택을 하면 홀 내부에 모든 잔여 몬스터는 코어가 있는 곳으로 일시에 순간이동 되었고, 그렇게 나타난 몬스터들은 은신하거나 도주하지도 않고 맹목적으로 헌터를 공격하게 되어 있었다.

지금 장길호가 물어보는 것은 이런 맥락에서였다. 더 많은 잔여 몬스터가 남아 있었다면 한 번 더 돌아서 좀 더 처리를 하겠는데, 애매하게 다섯 마리였다.

등급에 따라서 한 번에 처리하기 좀 많을 수도 있었고, 그에 따라 위험도 있었다.

장길호의 질문에 박소영은 선택권을 그에게 넘겨버렸다.

"팀장님이 결정해요. 그런 거 하라고 팀장이 있는 거잖아요."

그리고 그녀의 말에 김중묵이나, 김현수도 동의를 하는지 옆에서 고개를 끄덕였다.

팀원들이 이렇게 나오자 장길호는 아직 팀원이라 할 수 없는 칼스타인에게만 다시 물었다.

"수혁이 넌 어때?"

"C-하급 홀인데요, 뭐. 클리어 하시죠?"

칼스타인마저 이렇게 나오자 마음을 굳힌 장길호는 팀원에게 말을 하며 다시 코어에 마나를 주입하였다.

"클리어 한다."

장길호의 마나가 푸른 색의 코어에 들어가자 코어는 방 안을 가득 채울 만한 환한 빛을 뿜어내었다.

그리고 방의 한 구석에는 다섯 마리의 마물이 나타나 있었다. 세 마리의 오크와 두 마리의 자이언트 맨티스였다.

다섯 마리의 마물의 눈가에는 붉그스름한 기운이 서려 있는 것이 정상은 아닌 것 같았고 아니나 다를까 대형 같은 것도 없이 막무가내로 일행에게 공격해오기 시작했다.

하지만 이미 준비되어 있는 일행에게는 크게 어려운 상대가 아니었다. 김중묵이 방패를 꺼내어 들고 공격을 막아내는 사이 박소영이 두 마리의 오크의 눈에 나란히 화살을 박아 넣었다.

또한 자이언트 맨티스가 김중묵의 방패를 공격하는 동안, 장검을 빼어든 장길호는 뛰어오르며 자이언트 맨티스의 목을 잘라 버렸다. 또 다른 자이언트 맨티스는 어느새 앞으로 나선 칼스타인의 손에 머리가 부서지며 생을 마감하였다.

마지막으로 남은 몬스터는 오크 한 마리였는데, 그 오크를 맡은 김현수는 이번에도 버벅거리면서 아직 오크를 잡지 못하였고 뒤에서 그 모습을 보던 김중묵이 방패로 오크를 으깨버리면서 모든 전투는 끝이 났다.

"중묵아. 일단 마정석만 꺼내고 사체는 공간 압축 배낭에 집어넣자. 어서 나가서 한잔 해야지!"

장길호의 지시에 따라 김중묵은 자이언트 맨티스와 오크들의 사체에서 마정석을 꺼내어 그것을 따로 보관한 뒤 등에 맨 공간압축배낭을 꺼내어 나머지 사체들을 구겨넣기 시작했다.

공간압축배낭은 그 압축률에 따라서 가격이 천차만별이었는데 지금 김중묵이 가지고 있는 것은 10분의 1짜리 압축배낭으로 길드에서 제공하는 표준 배낭이라 할 수 있었다.

그렇게 몬스터의 정리를 마친 김중묵은 장길호에게 신호를 보냈는데, 장길호는 고개를 끄덕인 뒤 김중묵에게서 세 개의 마정석을 받아온 뒤 칼스타인에게 말을 건넸다.

"너도 알겠지만 보통 길드에서는 특별한 경우가 아니면 마정석과 사체를 길드에서 일괄 처리하고 사냥에 사용된 장비나 경비를 제한 다음 헌터에게 배당하는 것이 일반적인 방법이지. 하지만, 이번 사냥에 네가 길드에게 따로 얻은 것은 없으니 네가 해치운 몬스터에 대한 마정석은 네게 준다 해도 위에서 별 말 하지 못할 거야. 아. 몬스터 사체는 홀에 대한 정보비 정도로 생각해. 하하하."

칼스타인은 생각하지도 않았던 장길호의 호의에 뜻밖이라는 표정으로 감사인사를 하였다.

"생각치도 않았는데… 어쨌든 감사합니다."

세부 마나 측정을 해봐야 알겠지만, 평균적으로 C급의 마정석은 5백만 원 정도, D급 마정석은 3백만 원 정도에 팔리고 있었다. 즉, C급 마정석 하나, D급 두 개를 받은 칼스타인은 이번 한 번의 사냥으로 대략 1,100만 원을 번 것이라 할 수 있었다.

박정아의 상태를 악화시키지 않고 유지하는데에만 월 2천만 원 정도의 비용이 들기 때문에 이런 가욋돈은 칼스타인에게 큰 도움이 된다 할 수 있었다.

칼스타인의 감사인사에 장길호는 눈을 찡긋하며 말했다.

"우리 길드 들어오면 잘 봐달라는 의미에서 주는 거야. 만약에 B급으로 승급해서 팀을 만들면 나도 팀에 좀 끼워주라는 의미야. 하하하."

팀에 끼워 달라는 소리에 지금까지 과묵한 표정으로
있던 김중묵이 한 마디 하였다.

"나도."

"뭐? 하하하. 중묵이 너도 역시 올라가고 싶은 마음이
있구나."

C급의 헌터, 아니 카르마 시스템 상으로 C급인 능력자
가 들어갈 수 있는 최하 등급의 몬스터 홀은 C급이었다.
즉, 헌터들은 자신의 등급보다 낮은 등급의 몬스터 홀에
들어갈 수 없다는 의미였다.

만일 자신의 등급 미만의 몬스터 홀에 들어가려 하면
해당 홀에 출입할 수 없다는 시스템상의 문구만이 나타
날 뿐이었다. 마치 시스템이 헌터들에게 더 강한 무력을
쌓기를 바라는 것만 같았다.

반면 같은 맥락에서 더 높은 등급의 몬스터 홀에 입장
하는 것은 제한이 없었다. 다만, 입장이 가능하도록 홀을
활성화시키기 위해서는 최소한 홀과 같은 등급의 능력자
가 필요하였다.

그렇기 때문에 아무리 실력에 장길호와 김중묵이 실력
에 자신이 있더라도 B급 몬스터 홀에 들어가기 위해서는
B급 헌터가 필요하였다.

장길호와 김중묵이 이야기 하는 것은 바로 이것이었다.

만약 칼스타인이 B급으로 올라선 후 팀을 만들면 그 팀에 합류시켜 달라는 의미였다.

다만, 이런 생각에는 자신들의 실력이 B급에서도 통할 것이라는 것이 전제되어 있었다. 하지만 그것은 모를 일이었다.

보통 한 등급 위의 몬스터 홀은 아랫등급에 비해서 적게는 2배에서 많게는 10배까지 높은 난이도를 보인다고 하니 그에 따르는 위험도 C급 보다는 훨씬 컸다.

그러나 아직 젊은 장길호와 김중묵은 더 많은 수입과 더 많은 포인트, 그리고 아티팩트의 대박을 위해서 고등급 홀에 들어가고 싶어 하였다.

"어쨌든 이제 나가자. 벌써 4시간도 넘었다. 아까 에너지 바 하나 먹은 걸로는 양이 안차. 길드에 결과 보고 하고 한 잔하자!"

장길호가 홀의 코어에 다시 손을 대고 마나를 불어넣는 동안 칼스타인은 카르마 시스템에 접속하여 자신의 상태를 확인하였다.

[기본정보]
이름 : 이수혁, 등급 : CB, 카르마포인트 : 723/723,
상태 : 정상

[능력정보]

신체능력 : CA, 정신능력 : X(측정불가), 마나능력 :
CB

[기술정보 (타입: 무투형)]

혼원무한신공(SS) 37/92, 혼원무한검법(SS) 13/95, 카
이테식 검술(S) 32/100, 파르마탄식 체술[신규](S)
10/100

상태창에 나오는 정보 중 바뀐 부분은 카르마포인트가
713포인트 늘었다는 점과, 파르마탄식 체술이 새로운 기
술로 등록 되었다는 부분이었다.

'음. 700포인트라. 이수혁의 기억에 따르면 S급의 기
술이나 SS급의 기술은 억단위의 포인트가 필요하다는데
갈 길이 멀군.'

칼스타인이 그렇게 생각한 순간 몬스터 홀의 폐쇄가
마무리 되었는지, 일행은 처음 몬스터 홀이 있던 밖으로
나왔다.

달라진 점은 몬스터 홀이 없어졌다는 점과 장길호의
손에 주먹만한 푸른 돌, 몬스터 홀의 코어가 올려져 있다
는 점이었다.

손 안에 코어의 감촉을 느낀 장길호는 빠르게 팀원들을

훑어보았다. 나머지 팀원들 역시 서로서로의 손을 재빠르게 확인 한 뒤, 아쉽다는 표정을 지었다.

"이번에도 꽝인가?"

꽝이냐고 묻는 장길호의 말을 받은 건 박소영이었다.

"일반 아티팩트를 본 것도 벌써 6개월이 다되어 가네요. 에휴."

코어와 마찬가지로 아티팩트는 몬스터홀을 클리어하면 헌터의 손에 나타나는데, 코어와 다른 것은 코어는 클리어를 한 사람의 손 위에 나타나지만 아티팩트는 누구의 손에 나타나는지 알 수가 없다는 점이었다. 이것이 모두들 빠르게 다른 팀원들의 손을 확인한 이유였다.

아티팩트가 나타나는 기준은 아직까지도 밝혀진 바가 없었다. 처음에는 가장 사냥의 공헌도가 높은 헌터에게 지급된다는 가설이 있었으나, 단지 참여만 했던 헌터에게도 나타나면서 이 가설은 깨어졌다.

이후 여러 가지 가설들이 나왔으나 누구나 인정하는 확실한 기준은 아직도 나오지 않은 상태였다.

"장 팀장님 수고하셨습니다! 빨리 끝내셨네요."

밖에서 대기 하고 있던 은하길드의 직원이 몬스터 홀이 사라지고 일행이 나타나는 것을 확인하자마자 벌떡 일어나서 인사를 하며 말했다.

"오, 두일아 이번에도 너냐? 너랑 나랑은 인연이 있는 갑다. 하하하."

"헤헤, 그러시면 저도 좀 데려가 주세요."

"아서라. 필드라면 몰라도 홀에서는 전자장비도 못쓰는데 E급도 안 되는 널 어떻게 데려가겠니. 자, 여기."

장길호는 말을 마치며 주머니에서 손가락 한마디 정도 되는 구슬을 이두일에게 던져주었다. E급의 몬스터에서 나온 마정석이었다.

"아이고 감사합니다. 역시 장 팀장님이십니다!"

이두일은 사냥을 마친 헌터들을 편하고 빠르게 이동시켜주기 위해서 길드에서 배치한 직원이었다.

은하길드에는 6개의 고정 팀이 있는데, 직원들은 장길호의 C-2팀의 대기를 타는 것을 가장 선호하였다. 그것은 장길호는 돌아올 때마다 지금처럼 대기하는 직원에게 E급 마정석을 수고비처럼 챙겨주었기 때문이었다.

일반인이나 다름없는 F급 헌터들의 수입은 그리 크지 않았기에 대략 백만 원 정도의 가치가 있는 E급 마정석이라도 감지덕지인 상황이었다.

그렇게 굽신거리며 인사를 건넨 이두일은 간이 은신결계를 해제하여 승합차를 꺼내어 헌터들을 태웠다.

올 때와 마찬가지로 은하길드의 본부까지는 그리 오랜

시간이 걸리지 않았다. 장 팀장이 본부에 보고를 하는 동안 나머지 헌터들은 휴게실에서 샤워를 하고 휴식을 취하고 있었는데, 휴게실의 문이 열리더니 익숙한 얼굴이 들어왔다.

"이수혁씨, 무사히 돌아오셨군요."

바로 진승철 인사팀장이었다.

"장 팀장에게는 결과보고를 받았습니다. 일단 사무실로 가서서 아까 못한 계약을 마무리 하시지요. 사냥하시는 모습이 아주 인상적이시더군요."

이미 장길호에게서 기록영상을 받아서 사냥하는 모습까지 본 진승철은 칼스타인의 실력에 대한 의심이 없는 상태였다.

인사팀의 접견실로 칼스타인을 데리고 온 진승철은 지체 없이 두 장의 계약서를 꺼내었다. 대략만 읽어보아도 처음의 계약서 보다 월등히 좋은 조건임이 분명하였다.

"음… 괜찮네요."

"그렇습니다. 길드장님도 이수혁씨의 사냥 영상을 보시고는 C급에서 최고대우를 해주라는 지시를 내리셨습니다. 아마 5대 길드라도 이런 조건은 제시하지 못할 것입니다."

계약서에는 기본급부터 시작해서, 계약기간, 수입 비용

분배율, 아티팩트나 코어에 대한 지분율, 길드의 지원 사항 등에 대해서 상세히 나열되어 있었다.

잠시 계약서를 살펴보던 칼스타인은 계약서의 한 부분을 짚으며 진승철에게 말했다.

"두 가지만 고치고 싶습니다."

"두 가지요? 아. 어떤?"

"먼저 계약기간이 아까보다 2년 늘어났던데, 저는 오히려 2년을 줄이고 싶네요."

표준계약서상 계약기간은 3년이었다. 그리고 최초 칼스타인이 보았던 계약서 역시 3년의 계약기간이었는데 지금의 계약서에는 계약기간이 5년으로 잡혀 있었다.

사실 계약기간을 길게 놓는다 하더라도 칼스타인에게 별 문제는 없었다. 노하우를 습득한 뒤 계약을 파기한다 하더라도 계약금 및 위약금을 지급하는 것 말고는 다른 손해는 없었기 때문이었다.

만일 다른 길드로 이적할 것이라면 도의상의 문제나 이미지의 문제도 있을 수 있지만, 어차피 노하우만 습득하고 혼자서 사냥할 생각인 칼스타인에게는 문제 될 것은 없었다.

하지만 이왕 이렇게 계약을 맺는 것 계약이 종료될 때에도 원만히 마무리 짓는 것이 좋겠다는 생각으로 1년이라는 짧은 계약기간을 요청한 것이었다.

"그건…. 아, 일단 나머지 하나도 듣고 말씀드리지요. 나머지는 수정 사항은 뭔가요?"

"마정석이나 코어 등의 분배율은 좀 더 낮춰도 되겠지만, 아티팩트에 대한 우선권은 제가 갖고 싶군요. 대신 만일 판매한다면 길드에 판매하는 것을 원칙으로 하겠습니다."

보통의 길드에서는 홀에서 나온 부산물이나 아티팩트 등에 관한 우선권은 길드에서 가지고, 헌터에게는 그 차액을 보전하는 방식으로 하지만 그것은 길드가 헌터에 비해서 더 강한 힘을 갖고 있을 때의 이야기였다.

특수한 능력을 지닌 헌터나, 상급의 헌터들은 대부분 아티팩트에 대한 우선권을 가지는 방식으로 계약을 하곤 하였다.

물론 칼스타인이 그런 사실까지 알고 이런 제안을 한 것은 아니었지만, 아티팩트에 대한 이야기를 듣다보니 호기심이 생겨 이런 식으로 생각이 정리된 것이었다.

"음… 웬만한 조건은 다 들어주란 명을 받았지만 지금의 제안은 둘 다 제가 판단할 수 있는 재량권을 넘은 것 같군요. 잠시만 기다리십시오. 지원본부장님과 길드장님께 보고 드리고 답을 받아오겠습니다."

"네, 그러시지요."

그렇게 나간 진승철은 오 분의 시간도 채 지나기 전에 다시 접견실로 돌아왔다.

"허허. 이거 참. 길드장님께서 둘 다 승인하라고 하시는군요. 이례적이긴 하지만, 길드장님이 그만큼 이수혁 씨를 좋게 보고 계시다는 증거겠지요. 어쨌든 수정 계약서를 가지고 왔으니 이 계약서로 계약을 체결하시지요."

여태껏 보여준 계약서 안은 일반 종이로 된 문서였는데, 지금 최종 계약할 계약서는 마나가 흐르는 특수한 종이였다.

"계약은 처음이시지요? 마나가루를 엄지에 묻히시고 여기 인장을 찍는 곳에 엄지를 대고 마나를 흘리시면 됩니다."

진승철의 말대로 계약서에 지장을 찍자 계약서에는 특이한 문양이 나타나 있었다.

"음. 이런 식이군요."

"네, 이게 이수혁 씨의 마나파문이군요. 여기 한 부 더 날인하시고 한 부는 보관하시면 되겠습니다."

칼스타인이 나머지 계약서에도 날인을 하자 진승철은 그에게 악수를 청하며 말을 건넸다.

"이제 우리 은하길드의 가족이 되셨네요. 계약금 1억

원은 지금 계약서에 기입해 주신 계좌로 바로 입금처리 하겠습니다. 그리고 앞으로 급여나 수당, 분배금도 그 계좌로 입금할 테니 확인하시면 되겠습니다."

지금껏 무심한 표정을 짓고 있던 칼스타인도 1억 원이라는 돈이 들어온다는 이야기를 듣자 희미한 미소를 지었다. 당분간 박정아가 사용할 마나 주사 비용은 벌었기 때문이었다.

칼스타인의 미소에 진승철 역시 빙그레 웃으며 말을 이었다.

"그리고 당분간은 오늘 실전테스트를 함께 했던 C-2팀과 함께 하시면 되겠습니다. 장 팀장에게도 말을 해놓을 테니 앞으로 임무에 대한 지시는 장 팀장에게 받으시면 됩니다. 기본 지급장비의 선택 역시 장 팀장이 도와줄 것입니다."

진승철은 한참동안이나 길드원으로서 알아야 하는 권리와 의무에 대해서 칼스타인에게 설명해주었고 그의 말은 장길호가 등장할 때까지 계속 되었다.

"진 팀장! 아직도 멀었어? 분위기를 보니 수혁이가 계약한다 한 것 같던데? 우리 뒤풀이 갈 거란 말이야."

"아. 장 팀장. 계약은 끝났고, 유의사항에 대해서 말해주고 있었어."

"그런 건 우리한테 맡겨야지. 어차피 실전은 뛰는 헌터 일 건데, 자네 같은 지원직 보다 우리 같은 현장직이 더 필요한 정보를 알려줄 수 있지 않겠어?"

"그렇긴 하지… 뭐 잘됐네. 길드장님께서 일단 자네 팀 에서 함께 하면서 분위기를 익히라고 했으니 자네가 처음부터 끝까지 알려주게나."

"역시! 하하. 그럼 내게 맡기라고. 수혁아 가자!"

그렇게 칼스타인을 데리고 나가려던 장길호는 깜빡 잊은 것이 있었다는 표정으로 진승철에게 말했다.

"아. 진 팀장."

장길호의 목소리에 서류를 정리하던 진승철이 반응하였다.

"왜 그러나? 장 팀장."

"우리 팀에 김현수 있잖아."

"김현수라면… 6개월 전에 자네 팀의 고정멤버로 들어간 D급 헌터 맞지?"

길드마다 헌터들의 직제는 다르지만 은하길드에서는 일반적으로 고정멤버와 유동멤버로 헌터들을 관리하고 있었다.

이중 고정멤버는 소속된 팀이 있는 헌터로, 팀장급인 헌터가 자신이 원하는 팀원들을 모아서 정기적인 사냥을 나서기 때문에 대부분의 헌터들은 고정멤버를 선호하였다.

그리고 인사업무를 담당하는 진승철은 길드원들의 거취 정도는 당연히 파악하고 있었다.

"그래, 그 녀석."

"김현수씨는 왜?"

"이제 그 녀석 고정에서 빠졌어. 그렇게 알아둬."

"음? 왜 그러나?"

고정에서 빠지는 건 보통 큰 사고를 치거나 아니면 함께 할 수 없는 부상을 입는 경우에 벌어지는 상황이었다.

이번 사냥 때는 그런 일도 없었는데 장길호가 고정에서 김현수를 뺀다고 하자 진승철은 다소 의아해 하며 반문하였다. 하지만 장길호는 지금은 말하기 싫다는 듯 딱 잘라 말했다.

"자세한 건 나중에 기록영상과 함께 보고하지."

"음… 알겠네."

사실 헌터의 수입은 사냥에 따른 성과급 부분이 컸다. 길드에서 기본급을 지급하기는 하지만 그 금액은 무척 적었기에 자주 사냥을 하지 않는 하급 헌터의 수입은 일반인보다 적은 경우도 있었다.

이런 상황에서 혼자서 사냥을 하기 힘든 D급 헌터인 김현수가 고정에서 빠진다는 것은 그의 수입에 큰 타격을 입을 것이 분명하였다.

　또한 이번 사냥의 결과는 길드 내부에 모두 공유될 것이기 때문에 수많은 실수를 저지른 김현수는 다른 팀으로 가는 것도 용이치 않을 것이었다.

　결국 지금 그가 고정에서 빠진다는 말은 은하길드에서 더 이상 활동하기가 힘들다는 말과도 일맥상통하였다.

　그렇게 접견실을 빠져나가는 장길호를 보며 진승철은 고개를 갸웃거리며 생각했다.

　'김현수라면 장 팀장이 한 번 키워볼 거라고 D-3팀에서 데려온 헌터였던 것 같은데… 대체 무슨 일이지?'

　의외의 일에 이런 저런 생각을 하던 진승철은 장길호와 같이 있던 칼스타인의 얼굴에 약하게 떠오른 미소는 미처 보지 못하였다. 물론 보았다고 해도 그 미소가 무슨 의미인지는 알 수 없었겠지만.

　개성 시내의 한 호프집에는 사냥을 마친 은하길드의 C-2팀이 자리 잡고 있었다. 사냥을 같이한 헌터들은 팀장을 장길호, 당시는 팀원이 아닌 칼스타인을 포함하여 총 다섯 명인데, 지금 이 자리에는 총 열한 명의 사람들이 함께 술자리를 하고 있었다.

"다들 수고했다! 일단 한 잔 마시자!"

"수고하셨습니다~"

"자. 여기 신입이 한 명 들어왔으니 간단히 소개부터 하고 계속 마시자. 수혁아."

장길호의 지명을 받은 칼스타인은 자리에서 일어나 자신에 대한 간단한 소개를 하였다. 지금 이 자리는 장길호가 이끄는 C-2팀의 전체 멤버가 모인 자리였기에 새로이 보는 사람들이 많았기 때문이었다.

C-2팀의 총원은 10명으로 지금 이 자리에는 이번 사냥에 함께한 4명 이외에도 6명의 헌터들이 더 있었다.

칼스타인의 인사를 마치자 처음 보는 나머지 여섯 명도 간단한 자기소개와 함께 인사를 하였다.

"그리고, 하나 더 말해 줄 이야기가 있다."

인사를 마치고 본격적인 술자리를 하려고 하는데 장길호가 약간 무거운 말투로 말을 꺼내어 모두가 그를 바라보았다.

"지난 6개월간 우리와 함께 했던 현수는 이제 우리 팀에서 나가기로 했다. 본인과는 이야기를 했으니 그렇게 알아둬. 김현수, 혹시 팀원들에게 할 말 있으면 여기서 해."

처음부터 뭔가 아쉽고 분한 표정으로 자리만 지키고 있던 김현수는 장길호의 말에 입술을 악물며 말했다.

"…없습니다. 팀장님. 그 동안 감사했습니다. 그리고 저는 여기서 일어서는 것이 나을 것 같습니다."

그 말과 함께 김현수는 호프집에서 나갔고, 상황을 모르는 다른 멤버들은 이 상황을 다소 의아해 했다. 그러나 함께 전투를 한 박소영이나 김중묵은 당연한 일이라는 태도로 고개를 끄덕였다.

사실 헌터라는 직업은 목숨을 걸고 하는 직업이기에 믿을 만한 동료를 두는 것이 매우 중요하였다.

하지만 낮에 있었던 사냥에서 김현수는 매우 실망스러운 모습을 보였고, 그가 그의 몫을 하지 못하였기에 여러 차례 동료가 위기에 빠질 뻔한 상황이 있었다.

그렇기 때문에 상황을 아는 이라면 김현수의 방출은 당연한 일이라 생각할 것이었다.

김현수의 퇴장 이후 그의 제명 이유 등을 서로 수군거리면서 술자리의 분위기는 다소 무거워졌다.

하지만 장길호가 분위기를 주도하며 너스레를 떨며 부팀장인 최무길의 재미있는 입담이 더해지자 언제 그랬냐는 듯 다시 분위기가 흥겨워지기 시작했다.

특히, 처음 본 헌터들이나 같이 사냥을 했던 헌터들이나

모두 칼스타인에게 와서 질문공세 펼쳤는데, 칼스타인은
이 분위기가 수십 년 전의 용병시절을 생각나게 해서 질문
들에 기분 좋게 대응하며 분위기를 맞추어주었다.

호프집에서 시작한 술자리는 이차, 삼차로 이어졌는데
빠지는 사람들은 아무도 없었다. 기본적으로 마나를 다
루는 헌터들은 일반인들보다 체력이 좋았기에 E급 헌터
만 되어도 평균적으로 일반인보다 두 배 이상의 주량을
가지고 있었다.

하지만 그만큼 폭음을 하는 경우도 많기에 지금 C-2
팀의 팀원들은 대부분 얼큰하게 취해있는 상태였다.

그렇게 다들 삼삼오오 모여 이야기를 나누는데 어느
순간 칼스타인의 옆에 박소영보다 한 살 많은 29살의 여
자 헌터 홍지희가 슬며시 엉덩이를 들이밀고 자리를 잡
았다.

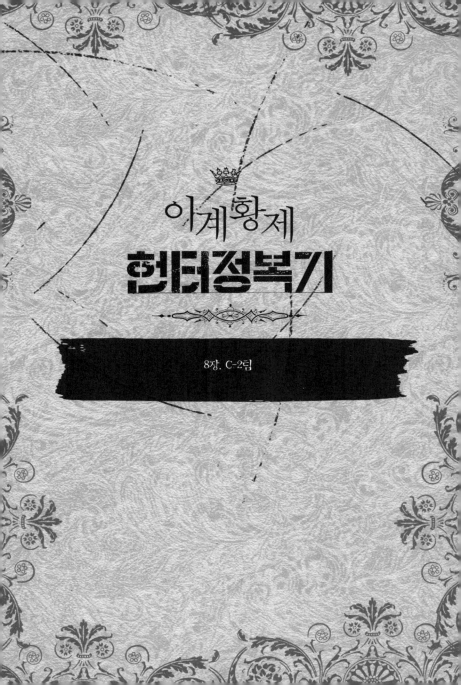

이계황제
헌터정복기

8장. C-2팀

8장. C-2팀

홍지희는 나쁘지 않은 얼굴의 소유자로 한마디로 말하면 섹시한 스타일의 외모라 할 수 있었다. 그리고 그녀는 자신의 외모를 잘 이해하고 있는지 지금도 타이트한 검은색 원피스를 입어 자신의 육감적인 몸매를 잘 드러내 주고 있었다.

홍지희 역시 상당히 술을 마셨는지 다소 흐트러진 모습으로 이수혁에게 질문을 던졌다.

"수혁이라고 했지?"

"네."

"27살인데 C급 헌터라. 그것도 오리진이라면 전도가

유망하네. 그런데 듣자하니 17살에 식물인간이 되었다가 얼마 전에 깨어났다고 하던데. 그럼 아직 동정이겠네? 호호호."

홍지희는 이런 이야기에 스스럼이 없는지 부끄러워하는 기색도 없이 대놓고 칼스타인에게 동정 여부를 물어보았다.

"뭐… 그렇죠."

헤스티아 대륙에서 칼스타인은 황제의 자리에 있었다. 수많은 여자들을 거느릴 수 있는 위치라는 의미였다.

하지만 이수혁의 몸은 그렇지 않았다. 칼스타인이 본 이수혁의 기억 상 이수혁은 분명 동정이었다. 그러니 지금 몸으로는 동정이라 대답하는 것이 더 맞는 일이었다.

손가락으로 칼스타인의 허벅지를 슬쩍 훑으며 홍지희는 다른 사람이 듣지 못하도록 칼스타인에게 속삭였다.

"흐음… 그럼 오늘 누나가 네 동정을 떼 줄까?"

홍지희의 행동에 칼스타인은 내심 헛웃음이 나왔다. 그것은 자신의 허벅지를 쓰다듬는 홍지희의 손길에 이수혁의 몸이 반응을 하였기 때문이었다.

'허허. 이거 참. 몸을 완전히 통제하지 못하니 이런 일도 있군.'

정기신을 완전히 통제하는 라이트 소더인 원래의 몸에

서는 일어날 수 없는 일이지만, 아직 그 상태가 아닌 이수혁의 몸으로는 이런 자극에 반사적인 반응이 나왔기 때문이었다.

하지만 칼스타인은 홍지희와 관계를 할 생각이 없었다. 칼스타인의 본신은 순간적인 욕정에 몸과 정신을 맡겨 여성과의 관계를 할 만큼 어리지 않았다.

뭐 하자면 못할 것도 없었는데, 사실 칼스타인은 이렇게 노골적인 스킨쉽을 유도하는 스타일을 그다지 선호하지 않았기 때문이었다.

더군다나 지금 홍지희의 눈길에는 색욕보다는 무언가 다른 것을 원하는 것이 느껴졌기 때문에 그녀의 적극적인 공세에도 불구하고 칼스타인은 전혀 성욕이 생기지 않았다.

'뭘 노리고 있는 거지, 이 여자는?'

환골탈태 후 칼스타인의 외모와 다소 비슷해진 이수혁의 외모는 미남이라 해도 좋을 만큼 괜찮은 외모이긴 하였다.

그래서 밖에 돌아다니면 여자들이 전화번호를 묻는 경우도 종종 있었지만, 지금 홍지희의 눈빛은 그런 여자들의 눈빛과는 전혀 달랐다. 마치 먹이를 노리는 뱀과도 같은 눈빛이었다.

"수혁아. 누나가 잘해줄게."

"죄송하지만, 초면에 과하신 것 같습니다. 그럼 전 이만."

어쨌든 점점 대놓고 과도한 스킨쉽을 시도하려는 홍지희를 피하기 위해 칼스타인은 그녀의 옆 자리에서 일어나 장길호 쪽으로 자리를 옮겼다.

"팀장님."

"오~ 우리 신입~ 선배들하고 이야기는 좀 했어?"

"아. 네. 그런데 저는 그만 들어가 봐야 할 것 같습니다."

"어? 왜? 아직 초저녁인데 사차가야지 사차!"

이미 새벽 한시가 넘은 시간이라 초저녁이라고 하긴 늦은 시간이지만, 보통 사냥을 다녀온 날의 장 팀장은 스트레스를 해소하기 위해서 밤새도록 술자리를 가지기 때문에 술자리로 치면 초저녁이라 해도 틀린 말은 아니었다.

"아직 여기 입사했다고, 아니 헌터가 되었다고 어머님께 말씀드리지도 못해서요."

"아… 그렇군. 맞아. 홀어머니가 계신다고 했지? 기쁜 일을 어머니께 말씀드려야지. 내가 너무 오래 잡고 있었군. 그래 어서 가봐."

칼스타인은 몰랐지만, 장길호 역시 남다른 효심으로
홀어머니를 모시고 있는 입장이기에 칼스타인의 상황을
잘 이해해 주었다.

그렇게 칼스타인은 아직 정신을 차리고 있는 팀원들에
게 인사를 하고 자리에서 일어났다. 그리고 그 모습을 보
던 홍지희는 입맛을 다시며 아쉽다는 표정을 지었다.

'뭐, 기회는 많으니까.'

❖

집으로 돌아온 칼스타인은 아직 잠을 자지 않고 자신
을 기다리고 있는 박정아를 볼 수 있었다. 칼스타인이 약
속이 있어 늦는다고 먼저 주무시라고 말을 해놓았지만,
박정아는 잠도 자지 않고 기다린 것이었다.

여전히 박정아는 마나홀에 상처를 입은 상태였지만,
일주일에 한번 병원으로 가서 마나주사를 맞으면 되지
굳이 입원해 있을 필요는 없기 때문에 지금 그녀는 집에
있는 상태였다.

"수혁아. 이제 오니?"

"예, 어머니. 늦어서 죄송해요."

"아냐. 너도 이제 다시 친구들도 만나고 해야지."

칼스타인은 박정아를 놀래게 해줄 목적으로 헌터 시험이나 길드에 대한 이야기를 꺼내지 않고 친구를 만난다고 둘러댔었기에 그녀는 지금 칼스타인의 상황을 모르고 있었다.

"어머니, 드릴 말씀이 있어요."

"응? 뭔데?"

"제가 헌터가 되었어요. 그리고…."

칼스타인은 오늘 있었던 일에 대해서 박정아에게 풀어놓았다. 처음 헌터가 되었다는 말에 당혹스러움에 가까운 표정을 짓던 박정아는 시간이 갈수록 어쩔 수 없다는 표정으로 얼굴이 변하였다.

그리고 칼스타인의 말을 다 듣고나자 깊은 한숨을 쉬는 것으로 대답을 대신하였다.

"어머니, 기쁘지 않으세요? 제가 C급 헌터가 되었어요. 그리고 개성에서 이름 있는 은하길드에 들어갔구요. 그것도 좋은 계약 조건으로 말이에요."

이수혁의 기억에 따르면 헌터는 선망받는 직업이라고 했는데 박정아의 반응은 그런 직업을 가진 아들을 대견해 하는 것이 아니라 안타까워하는 것에 가까웠다.

"…기쁘구나 10년간 혼수상태였던 네가 어엿한 C급 헌터가 되었다니 어찌 기쁘지 않을 있겠니…."

"…그렇지만 어머니 얼굴은 기쁜 표정이 아니신데…."

"아… 미안하구나… 네 아버지 생각이 나서 그만… 헌터가 좋은 직업이긴 하지만 그만큼 위험하잖니. 사실 난 네가 평범한 직업을 가지길 바랬는데, 생각해보니 각성한 네가 평범한 직업을 갖는다는 것은 말이 안 되는 이야기니….."

그제야 칼스타인은 박정아의 반응을 이해할 수 있었다. 남편 이철주가 사냥을 하다가 비명횡사한 것을 잘 알고 있는 박정아로서는 아들 역시 헌터가 된다는 것을 순순히 기뻐할 수는 없었다.

하지만 그녀가 말한 것처럼 능력자가 일반 직장을 가진다는 것은 그 또한 말이 안 되는 일이었다. 더군다나 혼수상태에 빠지기 전의 이수혁은 헌터로서의 지식만을 습득하고 있었기에 지금 당장 가질 수 있는 일반 직장은 허드렛일에 불과할 것이었다.

결국 박정아는 아들이 헌터가 되는 것을 받아들일 수밖에 없었다.

박정아의 심정을 이해한 칼스타인은 가만히 다가가 그녀를 끌어안고 말했다.

"어머니, 저는 결코 그럴 일이 없으니 너무 걱정하지 마세요. 그리고 이제 힘든 일은 그만하세요. 아버지 수입

보셔서 아시죠? 저 C급 헌터에요. 돈 잘 버니까. 그런 일 안하셔도 되요."

"수혁아… 난 괜찮아…."

"제가 안 괜찮아요. 어차피 계약금도 들어왔으니 내일은 그린존에 월세집이라도 알아보구요. 그리고 돈도 충분히 있으니 마나 주사 맞는 것도 빼먹지 마시구요."

"수혁아…."

박정아는 눈물을 참으려 하였지만 참을 수가 없었다. 과거의 일들이 주마등처럼 그녀의 머릿속에 지나갔기 때문이었다.

칼스타인은 흐르는 그녀의 눈물을 닦아주며 다시 한 번 말했다.

"어머니, 이제 고생은 끝났어요. 제가 행복하게 해드릴게요."

❖

늘 그랬듯 비밀의 방에서 깨어난 칼스타인은 이번에는 바로 지구로 돌아가 않고 자리에서 일어났다.

머리맡의 시계를 보니 처음 자리에 누운지 뒤 10분도 채 되지 않은 시간이었다. 깨어나면 바로 잠이 드는 식으로 지구와 헤스티아 대륙을 오갔기에 가능한 일이었다.

칼스타인이 완전히 일어나는 것을 보고 앞에 서 있던 엘리니크가 말했다.

"폐하, 일어나시는 것입니까?"

"아니, 완전히 일어나는 건 아닌데 한 가지 확인해 볼 것이 있어서 말이야."

그 말과 함께 자리에서 일어난 칼스타인은 옷을 갈아입으면서 지구에서 있었던 일에 대해서 엘리니크에게 알려주었다.

마법사답게 엘리니크는 특히 지구의 문명에 대해서 적극적인 반응을 보이면서 칼스타인에게 구체적인 질문을 던졌다.

아직 대략적인 상황만 파악하고 있는 칼스타인은 나중에 알아보고 말해준다는 말로 이야기를 마무리 지으며 엘리니크에게 한 가지 부탁을 하였다.

"아. 엘리니크, 다른 사람들에게는 이런 상황에 대해서 알리지 마. 괜히 걱정할 테니 말이야."

"당연한 말씀이시지요. 그리 하도록 하겠습니다. 그럼 어디로 가시겠습니까?"

"연무장. 그 곳에서 확인해볼 것이 있어."

칼스타인은 엘리니크를 보낸 후 비밀의 방에서 이어진 연무장으로 자리를 옮겼다. 그가 확인하고 싶다는 것은 자신의 몸 상태였다.

정확히 말하면 지금의 몸에서 느껴지는 마나의 이질감이었다. 한동안 지구의 마나에 익숙해져 있던 칼스타인은 지금 헤스티아 대륙의 마나에 약간의 이질감을 느끼고 있는 상태였다.

전투를 한다면 별 다른 지장이 없을 정도였지만 언제나 완벽한 몸 상태를 추구하는 칼스타인으로 이런 문제도 소홀히 넘기지 않았다.

그리고 지금 칼스타인은 이 이질감에서 무언가 깨달은 바가 있었다.

연무장으로 들어온 칼스타인은 아무 것도 없는 빈 오른손을 들어 올린 상태에서 나지막이 읊조렸다.

"그랑 카이저."

그 말과 함께 칼스타인의 마나홀에서는 엄청난 마나가 빨려 나갔고, 이윽고 그의 손에는 고풍스러운 느낌의 바스타드 소드 한 자루가 쥐어져 있었다.

검 전체에서 은은한 황금빛 기운을 뿜어내는 그랑 카이저는 무언가 모를 위엄마저 느껴졌다.

이 바스타드 소드를 들고 검세를 시전하려는 칼스타인

의 뇌리에 누군가의 목소리가 들려왔다.

[칼스~ 오랜만이군. 웅? 오랜만이 아닌가? 이상하군. 분명 며칠 전에 날 뽑아들었는데 왜이리 시간이 많이 지난 것과 같은 느낌이 들지?]

지금 칼스타인의 정신으로 직접 말을 거는 대상은 바로 그가 빼어든 바스타드 소드, 그랑 카이저였다.

그랑 카이저는 신족의 후손 중의 하나인 리엘족에서 전승되는 신검(神劍)으로 그 누구도 뽑지 못하던 검이었다. 과거 수많은 사람들이 이 그랑 카이저를 뽑으려고 시도하였지만 누구도 그 뜻을 이루지 못하였다.

그런 그랑 카이저를 뽑은 사람이 바로 칼스타인이었다. 몇 년 전 남부 정벌 전쟁에서 리엘족에 부탁을 하러 간 칼스타인이 그들의 도움을 이끌어 낼 수 있었던 것도 다 칼스타인이 이 그랑 카이저를 뽑아내었기 때문이었다.

당시 칼스타인은 라이트 소더에 오르기 전이었지만 검을 잡는 순간 자신이 이 검을 뽑을 수 있음을 알았다. 마치 자신을 위해서 준비 되어 있는 듯한 느낌이었다.

그렇게 검을 잡은 칼스타인은 너무도 자연스럽게 검을 뽑아들었고, 푸르게 빛나던 그랑 카이저는 저절로 사라지며 칼스타인의 영혼에 녹아들었다.

이후 칼스타인은 그랑 카이저가 단순한 신검이 아닌 자아를 가진 에고 소드임을 알 수 있었고, 자신의 영혼 속에 녹아든 그랑 카이저를 영혼의 동반자로 받아들였었다.

[하하. 카이저. 넌 뭔가 느끼는가 보군.]

[뭐야? 뭔가 있는 거야?]

영혼을 공유하는 사이이기에 칼스타인은 간단하게 자신의 상황을 그랑 카이저에게 알려주었다.

[…신기하군….]

[그곳에서도 널 쓸 수 있을까 싶어 시도해 봤는데 되지 않더군. 널 쓸 수만 있다면 무구에 대한 걱정은 없을 텐데 말이야.]

사실 칼스타인은 지구로 가서도 영혼의 한 구석에서 그랑 카이저의 흔적을 느끼고 그를 불러보았다.

물론 그랑 카이저는 최소 그랜드마스터급의 마나가 있어야 소환이 가능했기에, 당연히 마나가 부족한 칼스타인으로서는 그랑 카이저를 지구에 현현(顯現)시킬 수는 없었다.

하지만 실체화시키지 않더라도 영혼이 통하는 관계인 만큼 칼스타인의 의지에 따라 그와 대화는 나눌 수 있어야 했다. 그러나 지구에서는 그것조차 불가능했었다.

[그래? 흐음… 그건 그렇고 지금 마나의 파장이 원래 네 파장과는 상당히 다른데?]

[눈치 챘어? 아까 말한 대로 지구라는 곳의 마나 성질은 이곳과 상당히 달랐어. 사실 지금껏 마나의 성질은 고정되어 있다고 생각했는데, 그곳의 마나를 겪으면서 그것이 아니라는 것을 깨달았지. 잘 봐.]

그랑 카이저에 검강을 씌운 칼스타인은 에르하임식 검술을 펼쳐냈다. 만일 에르하임식 검술을 아는 다른 사람들이 보았다면, 지금의 검술과 과거의 검술과 차이가 없다고 할지 모르나 직접 마나를 받아들이고 있는 그랑 카이저는 그것이 아님을 알 수 있었다.

[와우. 대단한데? 마나의 성질이 검세에 따라 바뀌다니… 만일 이런 성질 전환이 숙련되면 검기로 검강마저 방어할 수 있겠는데?]

검기로 검강을 방어한다는 것은 불가능한 일이었다. 하지만 그랑 카이저의 말처럼 마나의 성질 변환이 자유자재로 된다면 완전히 막기는 힘들겠지만, 상당한 시간은 방어를 할 수 있을 것이었다.

사실 신검이라 할 정도로 오만한 성정의 그랑 카이저는 칼스타인이 라이트 소더에 오르기 전까지 그를 제대로 인정해주지 않았다.

하지만 지금 칼스타인이 시전 한 검세에는 진정 감탄하는 기색이 역력하였다. 그런 그랑 카이저의 어조에 칼스타인은 내심 고개를 끄덕이며 말했다.

[그렇지? 그리고 지금 내가 라이트 소더 초입에서 벗어나지 못하고 있는데, 만일 내가 지구의 마나로 라이트 소더를 이룬다면 더 위의 경지를 바라볼 수 있을 것도 같아.]

[그렇군. 기대하겠어. 칼스.]

아직은 차원을 이동할 때마다 각 차원의 마나에서 약간의 이질감을 느끼고 있었지만, 만일 그 이질감이 없어지고 그의 생각대로 양차원의 마나에서 동일한 편안함을 느낀다면 그때는 한 차원 더 높은 경지에 도달 할 수 있을 것이라고 칼스타인은 생각하였다.

그리고 그러기 위해서는 어서 지구에서의 경지를 높일 필요가 있었다. 그런 생각으로 두어 시간동안 수련의 마친 후 다시 비밀의 방으로 들어온 칼스타인은 지구로 가기 위해서 다시 자리에 누웠다.

지구로 돌아온 칼스타인은 일단 박정아의 안전을 위해서 계약금의 일부로 그린존에 작은 아파트를 마련기로 마음먹었다.

일단 길드에서 출근까지 일주일간의 말미를 얻은 상태이기 때문에 넉넉한 시간은 아니나 집을 구하기까지 그리 촉박한 것은 아니었다.

"저… 정말 우리가 이리로 이사 오는 거니?"

부동산 중개사의 안내를 받아 그린존의 외각에 있는 소규모 아파트에 들어온 박정아는 집안을 이리저리 둘러보며 감탄을 감추지 못하며 말했다.

"예전 집에 비하면 별 것도 아닌데 뭘 그리 놀라세요?"

"그건 그렇지만… 네 아버지께서 돌아가신 후로는 다시는 이런 집으로 못 올 줄 알았거든…."

박정아의 말에 왠지 분위기가 가라앉는 것 같자 칼스타인은 그녀의 어깨를 힘주어 잡으며 말했다.

"어머니, 여기가 끝이 아니에요. 이제 헌터 시작하면 더 크고 좋은 집에서 살 수 있게 해드릴 테니 이 정도로 놀라지 마세요."

칼스타인의 말에 박정아는 괜찮다고 대답했지만, 그녀의 입가에 떠오른 옅은 미소까지는 숨길 수가 없었다.

아파트는 일체형으로 티비, 냉장고 등의 기본 가전과 붙박이장 침대, 소파 등의 가구까지 완비되어있어 굳이 새로이 가전 가구를 구매할 필요는 없었다.

어차피 칼스타인 역시 제대로 된 가전제품 등은 이 집이 아니라 더 큰 집에서 마련할 생각이었기 때문에 내부 집기까지는 크게 신경을 쓰지 않았다.

"근데, 보증금하고 임대료가 얼마야?"

사실 그 달동네 월셋방은 보증금도 백만 원도 채 잡혀 있지 않은 재산으로서 가치가 거의 없는 곳이었다.

박정아가 모은 돈은 지금까지 이수혁의 치료비로 거의 다 들어갔기 때문에 칼스타인에게 별도의 돈을 주지 못한 그녀는 칼스타인이 이런 집을 구한 것에 놀랄 수밖에 없었다.

"어머니는 그런 거 생각하지 마세요. 제가 받은 계약금으로 다 알아서 했어요."

아파트는 보증금 오천만 원에 월세가 삼백만 원으로 월세가 좀 비싸긴 하였지만 칼스타인이 받은 계약금 내에서 다 해결이 가능한 수준이었다.

월세가 비싼 것은 일단 빨리 입주가 가능한 곳을 찾다 보니 다소 비싼 금액을 감수하고 이곳을 선택한 것이었는데, 어차피 오래 살 집이 아니라는 생각도 이 판단에 도움을 주었다.

"그래? 그럼 다행인데… 무리하지는 마. 아직 엄마도 일하러 나갈 수 있으니 네 월급하고 같이 모아서 차근차근

모아보자."

"아. 그것도 말씀드리려고 했는데. 이제 공장에서 일하는 것도 그만두세요."

"응? 무슨 소리니?"

"제가 알아보니 공장일이 많이 위험하더라구요."

사체처리공장은 단순한 업무에 비해서 비교적 많은 돈을 주는 직장이었는데, 그 이유는 사체에서 있는 독성물질들을 처리하는 것이 상당히 위험한 일이기 때문이었다.

"수혁아, 엄만 괜찮아. 벌써 삼년이나 일을 해 왔는 걸. 마나주사만 정기적으로 맞는다면 일하는데 지장은 없을 거야."

"그러니까 더 안 된다는 거에요. 기사를 보니 처리공장에서 일하는 기간이 오래될수록 체내에 독성물질이 쌓여서 더 위험하다하네요."

"그렇지만…."

"어머니, 아버지 수입 보셨죠? 저 이제 C급 헌터라니까요? 그런 일 안하셔도 우리 두 가족 충분히 생활 가능해요."

이런 저런 이야기를 하였지만, 결국 박정아는 아들의 의견에 따를 수밖에 없었다. 특히, 자신을 걱정해서 하는 말인데 듣지 않을 수가 없었다.

이후 이불이나 냄비 등의 기타 집기들을 구매하고, 기동력을 위해 중고차까지 구매하면서 칼스타인은 지구에서의 생활의 기반을 마련하였다.

그렇게 일주일은 금방 지나갔고 칼스타인의 정식 출근일이 되었다. 늦지 않게 길드로 간 칼스타인은 C-2팀의 대기실로 올라갔다.

대기실에는 장길호와 최무길이 도면을 보면서 회의를 진행 중이었는데, 칼스타인의 등장에 장길호는 반색하며 그를 맞이하였다.

"오~ 수혁이 왔어?"

"네, 팀장님."

"이리 앉아."

"그런데 왜 두 분만 계시는지⋯."

"하하. 원래 우리는 일 없으면 안 나와. 아. 널 부른 건 기본 장비를 지급하고 포메이션을 숙지시켜주려고 한 거고."

장길호의 말처럼 헌터의 출퇴근은 자유로웠다. 헌터에 따라 적으면 한 달에 한 차례, 많으면 대여섯 차례 정도의 사냥을 할 뿐 정해진 시간에 출근하는 헌터는 별로 없었다.

다만, 칼스타인의 경우는 신입이기 때문에 기본적인

교육의 필요성이 있어 장길호가 특별히 부른 것이었다.

"아. 그렇군요."

"그래, 조금만 기다려. 회의만 마무리하고 내가 직접 교육 할 테니까."

그렇게 칼스타인을 옆에 앉힌 장길호는 다시 도면을 보며 최무길과 대화를 나누었다. 둘이 보고 있는 지도는 개성 인근에 있는 레드존이 표시되어 있는 지도였는데 여기저기 동그라미와 가위표시가 되어 있는 것으로 보아 앞으로 사냥할 곳에 대한 이야기를 나누는 것 같았다.

"팀장님, 너무 조급하게 생각하지 말고 길드에서 제공하는 몬스터 홀을 기다려 보는 것이 좋지 않겠습니까? 아무래도 레드존을 들어간다는 것은 좀…."

최무길은 장길호가 다소 무리한 일정을 진행한다는 표정으로 말했다.

"물론 그렇긴 하지만, 지금 일주일째 홀이 배정되지 않고 있잖아. 이대로라면 팀원들의 수입에도 문제가 있을 거고, 심하면 이탈하는 팀원들도 있겠지."

일반적으로 길드의 주요 역할은 전투의 사전 준비 및 사후 처리를 해주는 것으로 보고 있었는데, 헌터들이 생각하는 주요 역할에는 몬스터 홀이나 몬스터에 관한 정보를 제공하는 업무도 있었다.

그런데 이 몬스터 홀을 찾는 것은 쉬운 일은 아니었다. 정확히 말하면 접근하기 용이한 몬스터 홀을 찾는 것이 쉽지 않다는 의미였다.

레드존에 간다면 좀 더 손쉽게 몬스터 홀을 찾을 수 있 겠지만, 레드존을 뚫고 홀에 들어가는 것 자체가 보통일 이 아니었고 다시 돌아오는 길도 장담하기 힘들기 때문 에 사실 레드존에 있는 몬스터 홀에 대한 정보는 큰 의미 가 없었다.

그래서 일반적으로 정보로서 가치가 있는 몬스터홀은 옐로우존이나 오렌지존에 있는 몬스터 홀을 의미하였다.

어쨌든 그런 몬스터 홀들은 여러 길드와 정보원들이 노리고 있었기에, 탐색되는 족족 거의 다 토벌이 되곤 하 였다. 그래서 길드 힘의 척도를 괜찮은 몬스터 홀을 잘 찾아오는 것으로 보는 헌터들도 있었다.

"에이, 우리 팀에 이 정도 가지고 이탈할 녀석은 없습 니다."

"뭐… 나도 그렇게 생각은 하지만… 어쨌든 내가 알아 본 바로는 봉천군 인근에 있는 레드존은 아직 생긴 지 얼 마 되지 않았다고 하더라고 그 말인 즉, 몬스터를 피해서 몬스터 홀을 찾는 것이 불가능 한 것은 아니라는 것이 지."

"하지만…."

장길호는 손을 들어 다시금 반대의견을 펼치려는 최무길의 말을 막고 자신의 말을 계속 이었다.

"내가 거길 가자고 하는 데는 다른 이유도 있어. 정보원이 말하기를 거기에 수액나무괴물이 있다고 하더군."

"수액나무괴물요?"

"그래. 너도 들었지? 그 수액을 정제해서 복용하면 포션과 유사한 효과를 낸다고 하는 말말이야."

반대의견을 표시하던 최무길이었지만, 수액나무괴물이라는 소리에 솔깃하다는 표정으로 장길호에게 말했다.

"흐음… 그렇다면 몬스터 홀을 찾지 못한다 해도 그 놈들만 잡아도 수입이 꽤나 짭짤하겠는데요?"

"바로 그거야. 어차피 C급 몬스터니까 10명의 풀파티로 진행하면 그렇게 무리한 사냥도 아닐 거고 말이야."

칼스타인이 들어오기 전까지만 해도 장길호의 팀은 5명의 C급 헌터, 5명의 D급 헌터로 구성이 되어 있었다.

하지만 D급이었던 김현수가 나가고 칼스타인이 들어왔기에 지금 그의 팀은 6명의 C급 헌터, 4명의 D급 헌터로 구성이 바뀌었고 이 구성이면 10인 C-상급 몬스터홀의 공략 또한 불가능하지 않았다.

"흐음… 일단 제가 팀원들의 의견을 모아보겠습니다."

"그래, 부탁할게. 최 부팀장."

"에휴. 이럴 때만 부팀장 취급이라니까요."

30대 후반인 장길호는 최무길의 투정 섞인 말에 그의 머리를 흐트러트리며 말했다.

"하하하. 고생 좀 해줘. 무길아."

최무길은 남자치곤 다소 긴 머리를 깔끔하게 뒤로 넘겨 묶고 다녔는데, 장길호의 손짓에 머리가 흐트러지자 손사래를 치며 장길호에게 말했다.

"에이. 형님, 하지 말라니까요."

최무길은 장길호 팀의 부팀장으로 장길호가 팀에서 아버지와 같은 역할이라면, 그는 어머니와 같은 역할을 담당하였다. 당연히 팀원들을 다독거리고 그들의 의견을 잘 수렴하는 것도 그의 임무였다.

그렇게 회의를 마친 최무길은 칼스타인의 어깨를 한차례 두드린 후 대기실을 빠져나갔고, 최무길이 나가는 동안 테이블 위의 서류 정리를 마친 장길호는 칼스타인에게 말을 건넸다.

"오래 기다렸지? 자. 장비고로 가서 기본 장비부터 세팅하자."

장길호가 칼스타인을 데려간 곳은 건물의 지하 1층이었다. 입구에 있는 직원과 간단히 인사를 나눈 장길호는 자신의 라이센스를 출입문에 가져다 댔다.

삐이~!

무거운 비프음과 함께 두꺼운 철문은 스르륵 열렸고, 어두웠던 장비고 안에 차례로 불이 밝혀지기 시작하였다.

"이리로 들어와."

먼저 장비고로 들어간 장길호는 칼스타인을 안내하며 각종 무기에 대한 정보를 하나둘 씩 알려주기 시작했다.

"이건 E급 몬스터인 넓적다리 도마뱀의 넓적다리로 만든 검이야. 지금은 하급헌터도 잘 사용하지 않는 검이지만 마나스틸이 대중화되기 전까지는 꽤나 많이 쓰였던 검이지."

오랜만에 만져보는 넓적다리검을 한 번 휘둘러보던 장길호는 다시 그 검을 제자리에 두며 칼스타인에게 말을 이었다.

"일단 은하길드 C팀의 기본장비는 마나스틸로 된 무구이니까 웬만하면 너도 그걸 써. 그리고 기본적으로 장비는 대여니까 나중에 돈을 벌면 너와 맞는 무기 정도는 하나 구매하는 것이 좋을 거야."

마나스틸 제조법의 등장은 몬스터가 이 세상에 등장한 이후의 역사 중에서도 매우 중요한 사건이라 할 수 있었다.

마나스틸이라는 것이 세상에 등장한 것은 몬스터 홀이 나오고 그리 오래 되지 않았을 때였다. 몬스터들이 가지고 다니는 철제 무기나 몬스터 홀의 타입에 따라서 그 내부에 일부 떨어져 있던 금속이 마나를 머금고 있음이 알려지며 마나스틸이라는 것이 세상에 알려졌다.

　　하지만 그 양은 얼마 되지 않았기에 그다지 많이 쓰이지는 않았는데, 이후 한 마법사에 의해서 마나스틸의 제조법이 세상에 알려지면서 이 마나스틸은 폭발적으로 사용되기 시작하였다.

　　마나스틸이 제조가 가능하게 되면서 마나회로를 담은 물품들의 가격이 상당히 떨어지게 되었고, 지금에 와서는 하급 헌터들 역시 마나스틸로 만든 무구를 사용하는 실정이었다.

　　물론 무기의 공격력과 방어구의 방어력만을 생각하면 마나스틸로 만든 무구보다 고등급 몬스터의 사체로 만든 무구가 월등히 좋았으나, 가격대비 효율성을 따지면 마나스틸로 제작한 무구를 따라갈 수 없었다.

　　이런 저런 이야기를 하며 칼스타인과 함께 걷던 장길호는 장비고의 한쪽 구석에서 걸음을 멈추고 칼스타인에게 말했다.

　　"아. 여기 있네."

장길호가 말한 곳에는 가슴과 등, 팔다리의 일부를 가려주는 십여 개의 철제 갑옷과 십여 자루의 검이 같이 놓여져 있었다. 은은한 마나가 느껴지는 것이 그가 말한 마나스틸로 만든 무구임을 한 눈에 알아볼 수 있었다.

"저것들입니까?"

"그래, 겉보기엔 저래도 웬만한 C급 몬스터 사체로 만든 무구보다는 저게 나을 거야. 아무래도 몬스터 사체는 제련하기 힘들어서 제대로 된 무기를 만들려면 보통의 돈과 노력이 드는 것이 아니거든."

"팀장님 무기와는 다르네요."

지금 그가 보여주는 장비는 장길호가 사냥할 때 썼던 장비와 달랐기에 칼스타인은 그에게 질문을 던졌고, 칼스타인의 말에 장길호는 크게 웃으며 말했다.

"하하. 저건 기본 무기라 했잖아. 나는 당연히 내가 별도로 구매했지. 좋은 장비를 쓰는 것이 사냥할 때의 위험도도 낮출 수 있는 길이니 장비를 사는데 너무 돈을 아끼지 마. 나도 지금 쓰는 검이 B급 몬스터인 불꽃꼬리 황소의 뿔과 뼈를 제련해서 만든 검인데, 이것 때문에 어려웠던 상황을 넘긴 적이 한 두 번이 아니야. 비싸긴 했지만 충분히 그 값을 했지."

장길호의 말에 고개를 끄덕이는 칼스타인을 보며 그는

한마디 말을 덧붙였다.

"너도 나중에 돈 좀 벌면 블랙마켓에 가봐. 가끔 고급 등급 아티팩트까지도 올라오는데 일반 등급만 해도 아티팩트는 이런 양산품과는 질적으로 다르니까 충분히 가치가 있을 거야. 뭐 어차피 그 이상의 등급의 아티팩트는 애초에 경매로 풀리겠지만 말이야."

"블랙마켓요? 그냥 마켓이 아니구요?"

이수혁의 기억에 마켓은 있었으나 블랙마켓은 없었기에 칼스타인은 장길호를 바라보며 반문하였다.

"음… 아직 헌터가 된지 얼마 되지 않았으니 모를 수도 있겠구나. 마켓은 협회와 정부에 세금을 매기잖아? 근데 그 세금이 꽤 쎄기 때문에 세금을 피하고자 하는 헌터들이 암암리에 만든 별도의 마켓이 있어."

어디서나 지하경제는 있었다. 칼스타인이 있던 헤스티아 대륙 역시 공식적인 시장말고 암시장이 있었기에 칼스타인은 장길호의 말을 바로 이해할 수 있었다.

"그걸 블랙마켓이라 하는데, 일부 관리비는 내지만 세금을 안 내니, 마켓보다는 훨씬 싸게 물건들이 올라와. 장물이나 불법적으로 얻은 물품도 나온다는데 뭐 싸기만 하면 별 상관없지. 내가 나중에 블랙마켓에 데려가 줄게."

이런 정보가 칼스타인에게 필요한 정보였다. 사실 헌터라면 공공연한 정보이기 때문에 그리 비밀이라 할 것도 없었지만, 이런 류의 정보가 전혀 없는 칼스타인에게는 단비와 같은 정보였다.

그렇게 말한 장길호는 십여개의 마나스틸 갑옷 중에서 칼스타인의 체형과 비슷한 갑옷을 꺼내더니 칼스타인에게 말을 건넸다.

"사실 편하기는 A급 몬스터인 화염꼬리악어의 가죽으로 만든 가죽갑옷이 더 움직이기도 좋고 편한데 비싸서 말야. 일단은 방어력이 더 중요하니 이 갑옷을 입어보고 나중에 돈을 벌고나면 네게 맞는 갑옷으로 장비를 교체하는 것이 좋을 거야."

"네, 알겠습니다."

헤스티아 대륙에서 칼스타인이 사용하는 갑주는 마나 전도율이 가장 높은 골드릴과 마나 적합성이 가장 높은 마법금속 아르마니움을 주요 소재로 하여 만들어진 갑주였다.

신의 무구를 만드는 종족이라 알려진 드라우프족이 만들었기에 마치 입지 않은 것과 같은 편안함을 주는 것은 기본이었고, 9서클 대마법사 엘리니크가 새긴 항마주문 덕분에 6서클 이하의 마법은 원천 무효화 시키는 사기적인 성능의 갑옷이었다.

이에 비하면 지금의 마나스틸 갑주는 마법갑주라고 할 수도 없을 정도로 기본적인 방어기능만 있는 갑옷이었다.

하지만, 어차피 용병으로 구르면서 조악한 장비 또한 많이 사용해본 칼스타인이었기에 이런 하급 장비에 적응하는 것에 문제가 될 것은 전혀 없었다.

오히려 옛날 생각이 나게 하는 무기와 방어구에 내심 웃음까지 짓는 칼스타인이었다.

장길호는 칼스타인에게 조금 전 고른 마나스틸 무구를 건넨 후 장비고를 나왔다. 어차피 내부에 CCTV가 있어서 누가 반입 반출했는지는 알 수 있게 되어 있었지만, 장길호는 장비고 앞의 출납부에 지금의 반출 내역을 기입하였다.

"일단 지원부서로 가서 장비 커스터마이징부터 마치고 포메이션 연습을 하자고."

지금 칼스타인이 받은 장비는 그에게 맞춰진 장비가 아니었기 때문에 사용하기 위해서는 자신의 몸에 맞출 필요가 있었다.

일부 고등급 아티펙트 같은 경우는 마나의 주입에 따라서 사용자의 몸에 맞추어지는 것도 있다고 하였지만, 이런 일반 장비에 그런 기능이 있을 리가 없었다.

그렇게 칼스타인을 데리고 지원부서로 올라간 칼스타인과 장길호는 간단한 인사를 나눈 후 갑옷의 커스터마이징을 요청을 하였다.

다만, 커스터마이징까지는 이삼일의 시간이 소요된다 하였기에 일단 갑옷은 지원부에 두고 검만을 챙겨서 내려갔다.

이후 칼스타인은 장길호에게 몬스터 홀의 유형별 기본 전투전략, 몬스터별 대응 포메이션 등 헌터로서 활동하기 위해서 필요한 실전 정보들에 대한 교육을 받을 수 있었다.

그렇게 시작한 교육은 단 하루로 끝나지 않았다. 장길호는 칼스타인이 처음 헌터가 된 것을 감안하여 기초적인 내용까지 포함하여 대략 일단은 한 달간 사냥 없이 교육만 할 것을 생각하였다.

한달간의 교육이 끝나면 사냥과 함께 교육을 진행하는 식으로 삼개월여의 교육기간을 생각하였는데 칼스타인의 빠른 습득력에 그의 반의 반도 안 되는 시간인 단, 일주일만에 교육을 끝마칠 수밖에 없었다. 더군다나 추가교육 또한 필요가 없을 지경이었다.

"헉헉… 아무리 오리진이라 해도 너무 한 거 아냐? 헉…헉… 이제 각성한지 세 달 밖에 안됐다면서… 헉…."

한참 대련을 했는지 이미 땀에 흥건히 젖은 채로 바닥에 누워있는 장길호는 연신 땀을 훔쳐내며 칼스타인에게 말했다.

"뭐 시작부터 S급 헌터가 된 천무룡이나 홍의신녀도 있는데, 이 정도 가지고 그럽니까?"

같이 훈련을 시작한지 일주일이 되었기에 칼스타인 역시 장길호에게 편하게 말을 하고 있었는데, 천무룡과 홍의신녀를 언급하는 칼스타인의 말에 보며 장길호는 어이가 없다는 듯 칼스타인인 바라보며 입을 열었다.

"휴~ 걔네들은 진짜 괴물이니 그렇지! 그러고 보니 너도 괴물은 괴물이다. 내가 오리진을 몇 번 본 적이 있었지만, 너처럼 성장이 빠른 녀석은 못 본거 같아. 천무룡도 너처럼 빠른 성장을 보이진 못했을 거다."

지금 장길호와 칼스타인이 있는 곳은 길드 건물 지하 3층에 있는 훈련장이었다.

기본 교육을 마친 장길호가 칼스타인의 진짜 실력을

알아보고 싶다고 대련을 하자하였는데, 몇 합 주고 받지도 않고서 장길호는 칼스타인이 자신보다 훨씬 윗줄의 실력을 갖고 있음을 알 수 있었다.

그리고 칼스타인은 당연히 대련에서 자신의 실력을 감추며 장길호를 상대하였었다. 실력을 다 보인다면 장길호를 일합에도 끝내 버릴 수 있었기 때문이었다.

하지만 그럼에도 칼스타인은 대련 내내 시종일관 장길호를 압도하였고, 장길호는 바닥에 대자로 뻗는 것으로 자신의 패배를 인정하였다.

"그럼 여기까지 할까요?"

칼스타인은 장길호에게 손을 내밀며 말했고, 장길호는 그의 손을 잡으며 벌떡 일어났다.

"으싸! 그래 이 녀석아. 팀원들이 없기에 망정이지 있었다면 쪽팔릴 뻔했네. 하하."

그 순간 장길호의 말을 듣기나 한 듯 갑자기 훈련장의 문이 열리며 최무길이 들어왔다.

"팀장님!"

"어? 무길아. 여기까지 웬일이야?"

"사냥 계획서 반려되었습니다!"

"뭐? 왜?"

장길호가 칼스타인을 교육하는 동안 최무길은 팀원들의

동의를 받아내었고, 그를 토대로 장길호와 최무길은 레드존에 대한 사냥계획서를 길드에 제출하였다.

지금 말하는 반려는 이 사냥계획서에 대한 반려를 말하는 것이었다.

팀이 길드의 지원을 받기 위해서는 제대로 된 사냥계획서는 필수였다.

헌터 개개인의 장비는 개인의 비용으로 구매하고 개인의 소유지만, 압축배낭부터 던전 내에서 제공되는 보급물자 등등은 모두 길드에서 제공하는 물품이기 때문에 길드의 승인 없이는 사냥에 나설 수 없었다.

물론 굳이 나서자면 팀장이나 팀원들이 그런 보급품에 대한 비용까지 부담해서 나설 수는 있지만, 그렇게 할 것이면 차라리 프리를 뛰고 말지 길드에 있을 필요가 없을 것이었다.

"조만간 공식적으로 전략본부에서 팀장님께 통보를 할 테지만, 전략본부의 친구에게 들어보니 위험도가 너무 높다고 평가했다더라구요. 아무래도 C급 팀으로 레드존을 공략했던 전례가 없어서 그렇다네요."

"크윽… 역시 그것 때문인가…."

최초가 어려운 것은 전례가 없기 때문이었다. 참고할 만한 사례가 없기 때문에 처음 시도하는 공략은 언제나 어려운 것이었다.

　단적인 예로 지금은 쉬운 기본형 몬스터 홀들의 공략도 처음에는 수많은 헌터들의 목숨이 투입되어 완성된 공략이었다.

　장길호가 이끄는 C-2팀의 계획은 타당성이 있었으나 그 전례라는 것이 없다는 것이 악재로 작용하여 결국은 계획이 반려된 것이었다.

이계황제 헌터정복기

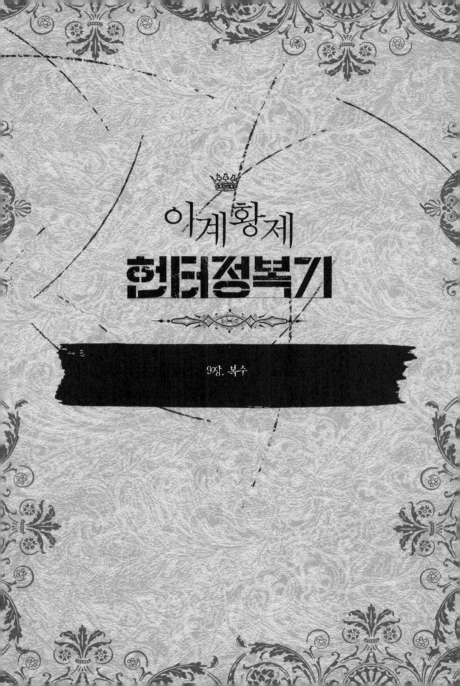

9장. 복수

9장. 복수

　"에이, 역시 현장을 모르는 답답한 녀석들이라니까요. 전례가 없으니까 최초가 의미가 있는 것인데 말입니다."

　"휴… 지원부 입장도 이해가 안가는 바는 아닌데 좀 아쉽긴 하군."

　지원부에서는 값비싼 자원이 투자되는 만큼 실패했을 때의 리스크를 생각하지 않을 수 없을 것이었다.

　물론 그런 것까지 감안하여 사냥계획서를 제출하였지만, 아무래도 지원부는 장길호의 생각보다는 그 리스크를 좀 더 심각하게 본 것 같았다.

결국 훈련을 마치고 팀 사무실로 올라온 장길호는 공식적으로 사냥계획서의 반려를 통보받았다.

다만, 해당 정보를 C-2팀에서 알아온 것에 대한 성과를 인정하여 이후 제공하는 몬스터 홀의 배정에 조금 더 우선순위를 주는 것으로 정보에 대한 비용을 치러 준다고 하여 다소 위안이 되기는 하였다.

그렇게 한 달여의 시간이 흘러갔다. 본부에서 말한 것처럼 몬스터 홀의 배정에 우선권을 줬는지 다른 팀보다도 많은 몬스터 홀을 배정받아 장길호 역시 레드존 공략 반려에 대한 아쉬움을 삭힐 수 있었다.

그리고 그 한 달 동안 C-2팀에서 방출되었던 김현수가 결국 은하길드를 탈퇴하여 제 발로 걸어 나갔다는 사소한 일이 있었지만, D급 헌터가 길드를 나가는 것은 자주 있는 사소한 일인 것인 만큼 사람들은 별로 신경을 쓰지 않았다.

❖

"휴…."

전화를 끊은 김현수는 깊은 한숨을 내쉬며 멍하니 천장을 바라보았다.

조금 전 전화 통화를 한 곳은 엘리트 길드로 개성에서도 그리 크지 않은 소규모의 길드였다. 그 길드에서조차 D등급 헌터인 자신의 지원을 거절한 것이었다.

벌써 김현수가 지원한 길드만 다섯 곳이 넘었는데 다섯 개의 길드 모두 김현수의 지원을 거절하였다.

이미 은하길드에서의 일이 다 퍼진 모양이었다. 헌터 업계는 넓은 것처럼 보이지만 생각보다 좁은 곳으로 그런 정보에 대해서는 빠르게 퍼졌다.

'이제 개성에서도 헌터 노릇하긴 힘든 건가…'

서울의 길드에서도 B등급 몬스터 홀에서 실수를 하는 바람에 쫓겨나서 개성으로 간 것이었는데, 여기서마저 이렇게 된다면 더 이상 정상적인 길드에서 활동하기는 힘들다 할 수 있었다.

사실 서울에 있던 백학길드에서의 실수는 정말 실수였다. 그렇기 때문에 협회에 길드 탈퇴사유가 게시되었음에도 불구하고 김현수는 은하길드에 재가입을 할 수가 있었다.

하지만 은하길드에서 있었던 일은 그의 실수로 보긴 힘들었다. 사냥 내내 비슷한 실수를 반복하며 D급 몬스터 하나 제대로 상대하지 못했던 그의 모습은 실수가 아니라 실력으로 평가될 가능성이 다분하였다.

즉, 한 번의 실수는 단순히 실수로 볼 정상참작의 여지가 있지만, 두 번의 실수는 더 이상 실수로 볼 가능성은 현저히 낮았다. 그 때부터는 실력의 영역이라 볼 수 있었다.

그렇기 때문에 지금 김현수가 연락하는 길드에서 그의 지원에 대해서 다 거절의 의사를 표명하고 있는 것이었다.

'레드존에 인접한 도시들은 묻지도 따지지도 않고 헌터들을 구한다던데 그리로 가야하나….'

개성의 길드에서는 다 김현수를 거절하였지만 그렇다고 그가 갈 수 있는 길드가 아예 없는 것은 아니었다.

헌터, 그것도 D급 헌터라면 일반인과 비교할 수 없는 수준의 능력자였다. 그가 눈높이만 낮춘다면 다른 곳으로 갈 수 있는 여지가 충분하였다. 하지만, 김현수는 겁이 많았다.

'레드존에 인접한 도시는 안 돼… 하지만 지금 내가 구할 수 있는 길드는 그런 곳에 있는 길드 아니면 한탕짜리 길드인데… 어떡하지….'

길드라고 모두 제대로 된 길드는 아니었다. 한탕만 하고 끝낼 생각으로 만드는 길드들도 수두룩하였다.

하지만 애초에 겁이 많은 김현수는 그런 길드들은 다 배제하고 업력이 최소 10년은 되는 길드를 찾다보니 갈 수 있는 곳은 더 제한되었다.

그렇게 자신이 갈 수 있는 곳이 제한되다 보니 새삼스레 이수혁에 대한 원망이 떠오르는 김현수였다.

'이수혁. 이 자식만 아니었어도 계속 은하길드에 있을 수 있었을 텐데… 후… 그래. 내 일은 내 일이고 일단 그 새끼에 대한 복수는 해야겠어. 각성해서 힘을 얻었다고 하니 나 혼자선 힘들 테고….'

자신의 잘못을 생각하지 않고 이수혁에 대한 복수를 생각하는 김현수는 아직 개과천선이라는 말을 붙이기는 힘들었다.

다음 일자리보다는 복수할 생각을 하던 김현수는 휴대전화의 주소록에서 자신이 원하는 번호를 찾았는지 한동안 누군가의 번호를 노려보다가 끝내 통화버튼을 눌렀다.

뚜~ 뚜~ 뚜~ 뚜~

이십여 초가 넘게 신호음이 울렸지만 상대방이 받지 않자 김현수는 어쩔 수 없다는 표정으로 전화를 끊으려 하였다. 그 때였다.

[여보세요? 누구세요?]

"여보세요? 창수야, 나야. 김현수. 서울아카데미 24기 김현수."

[김현수? 아~ 촉새 김현수? 야. 오랜만이다. 근데 어쩐 일이야?]

김현수는 그간 거의 연락하지 않았던 박창수가 자신을 모른 채 하지 않자 내심 안도의 한숨을 내쉬며 말을 이었다.

"아, 다른 게 아니고 이야기 좀 하고 싶어서 말야. 너 아직도 제천길드에 있어?"

[그래, 아직 제천에 있지.]

"전화로 하긴 좀 그렇고 너 시간되면 내가 한 번 서울로 갈게."

[뭐… 그래 그럼 한 번 놀러오던지. 간만에 애들도 한 번 모아봐야겠네. 내일은 내가 약속이 있고, 이번 주 토요일이나 한 번 보자.]

"그래, 예전 애들 같이 보면 좋겠다. 토요일? 좋지. 그럼 그 때보자."

그렇게 전화를 끊은 김현수는 득의양양한 미소를 지으며 생각했다.

'이수혁. 내 인생을 이렇게 만들어 놓고 넌 무사할 줄 알았어? 두고 봐. 십년 전의 기억을 떠올리게 해줄게.'

과연 누가 어떤 기억을 떠올릴지 모르겠지만, 그렇게 생각하는 김현수의 눈빛은 형형하게 빛나고 있었다.

교육을 마치고 실전에 투입된 칼스타인은 누구보다도 빠르게 적응을 하였고 몬스터들을 처리하였다.

교육기간을 빼면 실전에 나선지 3주 정도 밖에 되지 않았지만, 칼스타인은 경력이 많은 다른 C급 헌터들 못지않은 실적을 보이고 있었다.

그렇게 칼스타인의 실력을 확인한 장길호 팀장이나 최무길 부팀장은 이제 몬스터 홀을 공략할 때마다 칼스타인의 의견을 상당히 반영하고 있었다.

오늘도 10인용 C-중급 몬스터 홀을 하나 해결하였는데, 칼스타인이 직접 해치우거나 치명상을 입힌 몬스터가 20개체에 달하였다. 해치우는데 간접적인 도움을 준 개체까지 포함하면 50개체가 훌쩍 넘어갔다.

더군다나 위험에 빠진 동료를 구해준 상황만 다섯 번이었다. 당연히 이런 식으로 도움을 받은 동료들은 칼스타인에 대한 평가를 좋게 하였고, 그에 따라 칼스타인의 배당률도 팀장과 부팀장을 제외하고는 가장 높은 수준까지 올라갔다.

일반적으로 사냥에 따른 배당의 절반은 전투복에 부착

한 기록영상을 통해서 분배하지만, 나머지 절반은 팀원들의 의견을 참조하여 팀장이 분배하는 방식이 주로 사용되었다.

그것은 지원형 헌터 같은 경우에는 전투에 직접 참여하는 경우는 적으나 사냥 전체로 보면 전투에 직접 참여하는 것 못지않은 성과를 보여줄 수 있기 때문에 그런 기여를 반영하기 위해서 생긴 불문율과 같은 제도였다.

당연히 은하길드 역시 그런 방식으로 사냥 배당을 시행하고 있었다.

"오늘도 고마웠어. 수혁아."

홍지희가 칼스타인의 엉덩이를 두드리며 감사인사를 하였다.

"홍 선배, 이거 성희롱이라니까요."

"호호. 성희롱은 무슨, 억울하면 너도 한 번 만지던가? 아, 엉덩이가 싫으면 가슴 만질래?"

칼스타인의 말에 홍지희는 자신의 가슴을 칼스타인에게 들이대며 아무렇지 않게 말했다. 이처럼 홍지희는 처음 만남 이후로도 지속적으로 칼스타인에게 성적인 어필을 하였다.

그러나 그 때마다 칼스타인은 철벽을 쳤는데, 그것은 칼스타인으로서는 홍지희와 관계할 생각이 전혀 없었기 때문이었다.

만일 홍지희의 눈 속에 색욕만이 있었다면 한 번쯤 관계를 가졌을지 모르겠지만, 무언가 다른 꿍꿍이가 있는데 그런 위험을 무릅쓰고 성욕을 위해서 육체관계를 가질 만큼 지금 칼스타인은 미성숙하지 않았다.

"천하의 홍지희가 아직도 공략 못한 남자가 있다니 대단한데?"

홍지희의 어필은 지금 C-2팀에서 꽤나 유명하였다. 처음에는 은근히 들이댔던 홍지희였는데 지금은 대놓고 들이대는 중이기 때문에 다른 동료들도 지금 상황에 대해서 다 알고 있었다.

"최 부팀장님 같은 남자라면 10분이면 공략이 가능할 텐데, 수혁씨는 쉽지 않네요. 호호."

"어이쿠. 나 같은 유부남에게는 좀 참아주쇼."

최무길이 앗 뜨거라 하는 표정으로 도망가자, 그 옆에 서 있던 하웅수가 잇몸이 만개한 미소를 지으며 입을 열었다.

"지희씨 나는 어때? 나도 한 몸 한다고."

이두박근을 튀어 오르게 하는 포즈를 취하는 하웅수에게 홍지희는 검지손가락을 저으며 말했다.

"몸은 됐구요, 하 헌터님. 수혁씨처럼 필~이 통해야지요."

"에잉. 여자들은 항상 그 놈의 필~ 타령이라니까."

별 탈 없이 몬스터 홀의 공략이 끝났기에 지금 팀의 분위기는 화기애애하였다. 그 때 시선을 주목시키기 위한 장 팀장의 박수소리가 들려왔다.

짝짝~

"자자. 사흘 간 몬스터 홀에 있었으니 피곤하지? 일단은 좀 쉬고 내일 저녁 7시에 뒷풀이 하자. 오케이?"

"오케이!"

"수고하셨습니다~"

지금 장길호의 말처럼 10인용 몬스터 홀을 공략하는데 3일의 시간이 걸렸었다. 당연히 피로가 쌓여 있었기에 일단 다들 집으로 돌아가 휴식을 취하기로 하였다.

대기실을 나서기 직전 칼스타인은 시스템에 접속해서 사냥 후의 성과를 점검하였다.

[기본정보]

이름 : 이수혁, 등급 : CS,

카르마포인트 : 50,223/150,223, 상태 : 정상

[능력정보]

신체능력 : BE, 정신능력 : X(측정불가), 마나능력 : CS

[기술정보 (타입: 무투형)]

혼원무한신공(SS) 42/92, 혼원무한검법(SS) 33/95, 카이테식 검술(S) 62/100, 파르마탄식 체술(S) 51/100, 아리엘라식 검술(S) 59/100, 알테아식 마나수련법(S) 53/100, …, 삼목심안(C) 77/100

그간의 사냥동안 칼스타인은 여러 가지 검술과 기술들을 연습하였고, 그 때마다 시스템은 [신규]라는 표시와 함께 칼스타인의 기술을 기술정보에 반영했었다.

물론 검기나 검강을 사용할 마나를 갖추지는 못했기에 기술들을 온전히 수련하기는 힘들었지만, 다양한 기술들을 연습한 만큼 지금 칼스타인의 기술창에는 수많은 기술들이 명시 되어있었다.

그 중 마지막에 있는 삼목심안(三目心眼)은 원래 칼스타인이 가진 능력이 아닌 카르마 시스템상의 상점에서 구한 능력이었다.

어느 정도 카르마 포인트를 쌓은 칼스타인은 시험 삼아 10만포인트짜리 삼목심안을 구매하였는데, 이 능력은 탐지안의 일종인 무공이었다.

탐지안은 편의상 초능력 계통의 능력자가 구하는 것이 일반적이었는데, 나중에는 혼자 사냥할 생각을 하고 있는 칼스타인은 탐지안 계통의 능력이 필요했기에 삼목심안을 구매한 것이었다.

사실 삼목심안을 처음 사용했을 때 칼스타인은 솔직히 조금 실망스러웠다.

탐지와 탐색을 주 기능으로 하는 무공이기에 자신이 단순 기감을 퍼트려서 찾는 것보다 월등히 나은 수준을 기대하였지만, 실제로 사용해보니 자신이 기감을 퍼트려서 찾는 것과 그리 다르지 않는 탐지범위를 보였기 때문이었다.

하지만, 그 눈을 통해서 대상의 지금 느끼는 감정을 일부나마 파악할 수 있게 되자 신기한 생각에 이 능력을 종종 사용하곤 하였다.

특히, 감정을 파악할 수 있다는 것을 알게 된 이후 홍지희에게 몰래 이 무공을 사용해 보았는데 그녀가 칼스타인을 보는 감정은 색욕이라기보다는 식욕에 가깝다는 것을 알 수 있었다.

'식욕이라니… 저 여자는 뭐지? 여성 상위적인 관념을 가진 지구 여자들이 남자를 먹는다 라고 하기도 한다던데 그런 건가?'

보통 남성이 여성을 정복하는 것을 여자를 먹는다라는 식으로 저급하게 표현하는 경우가 있는데, 여성 상위의 관념을 지닌 여자들은 이를 반대로 표현하곤 한다는 것을 칼스타인은 이수혁의 기억을 통해서 알고 있었다.

어쨌든 그렇게 자신의 몸 상태를 확인한 칼스타인은 상태창을 닫은 뒤 왼 주먹을 쥐었다 폈다 하며 생각을 정리하였다.

'음… 더 이상 정체시키긴 힘들 것 같은데, 몬스터 홀을 자주 다니다 보니 너무 많은 마나를 받아들인 것 같군.'

지금 칼스타인은 의도적으로 등급을 올리지 않고 있었다. 만일 B등급이 된다면 더 이상 C급 몬스터홀에 들어갈 수 없어 C-2팀과 함께 할 수 없기 때문이었다.

물론 마스터급까지 한 번에 쭉 올라갈 수 있는 마나를 갖춘다면 굳이 경지를 낮출 필요는 없으나 올라가봤자 B급이라면 굳이 빨리 올라갈 필요는 없었다. 지금도 충분히 B급의 무력을 보일 수 있었기 때문이었다.

사실 이 C-2팀과 꼭 함께 할 필요가 있는 것은 아니었지만 칼스타인은 홍지희를 제외한다면 이들이 꽤나 마음에 든 상태였다.

더군다나 아직 합류한지 한 달밖에 지나지 않아서 헌터로서의 기본적인 지식 등의 배울만한 점들도 많았기에, 칼스타인은 헌터일에 익숙해 질 때까지는 이 팀과 함께 하려고 마음을 먹었었다.

하지만 몬스터 홀의 밀도 높은 마나에 의해서 밖에 있을 때보다 빠른 속도로 마나가 차올랐고, 어느새 지금 칼스타인의 몸에는 C급에 머물기는 힘들 정도의 마나가 쌓이고 말았다.

본신이라면 마나에 대한 강력한 통제력을 보일 수 있을 것이나, 지금의 상태에선 그런 통제력을 발휘하기 힘들기 때문에 등급의 상승은 시간문제였다.

지금 칼스타인은 에르하임식 마나수련법이 아닌, 알테아식 마나수련법을 이용하여 등급의 상승을 억제하고 있었다.

단전을 중심으로 하는 대부분의 마나 수련법과는 달리 알테아식 마나수련법은 아닌 신체 전체에 마나를 퍼트리는 방법을 통하여 마나를 수련하는 방법이었다.

카르마 시스템에서의 등급을 결정에 마나의 집약도와 마나의 통제력 부분이 상당한 영향을 미친다는 것을 파악한 칼스타인은 의도적으로 단전에 마나를 모으지 않는 방법으로 집약도를 떨어트려 등급의 상승을 지연시키고 있었다.

하지만 이 방법도 한계에 이르렀다. 몸 자체가 더 많은 마나를 원하였고, 더 큰 단전을 원하고 있었다.

'뭐 어차피 기본적인 사항들은 웬만큼 배운 것 같으니

슬슬 등급을 올려 볼까? 그런데 등급이 올라가면 재계약을 해야 하려나?

이런저런 생각을 하던 칼스타인은 일단 생각을 마무리하고 대기실을 나섰다. 이미 모두가 인사를 나누고 각자의 숙소로 향했기 때문이었다.

칼스타인 역시 주차장으로 내려가 자신의 차를 몰고 집으로 향했다. 밤 늦은 시간이라 도로는 비어 있어 집으로 가는 시간은 오래 걸리지 않았다.

더군다나 지금 칼스타인이 사용하는 길은 옐로우존에 포함되어 있어 일반인들이 거의 이용하지 않는 길이기도 하였다. 아파트 자체는 그린존에 있었지만, 거기까지 가는 지금 이 길은 옐로우존에 속한 곳이었다.

물론 그린존으로 이어진 도로도 있었지만 하지만 이 길이 아파트로 가는 빠른 길이었기에 칼스타인은 이 길이 있다는 것을 알고 나서 부터는 항상 이 길을 이용하였었다.

그렇게 달려가던 칼스타인의 차량은 집에 도착하지 못하고 멈추고 말았다. 집까지 오분여 거리가 남았을 때 갑자기 검은 차 한 대가 튀어나와서 그의 길을 막았기 때문이었다.

빠앙~!

칼스타인은 경적을 울렸는데 검은 차의 주인은 차를 빼기는커녕 길을 막은 채로 그대로 차에서 내렸다. 그리고 내린 사람은 혼자가 아닌 네 명이었다.

기색을 보아하니 지금 내린 이 네 명은 우연히 그의 길을 막은 것이 아닌 것처럼 보였다. 칼스타인의 동선을 파악해서 그를 노리고 이 길을 막은 것 같았다.

캐쥬얼 한 복장의 네 남자 중 한 명은 칼스타인에게 익숙한 얼굴이었다. 바로 김현수였다.

김현수를 보고 다른 세 명을 보자 그제야 칼스타인은 그 세 명이 누구인지 알 수 있었다. 과거 이수혁을 괴롭혔던 서울아카데미의 동기들이었다.

이들은 김현수의 이야기를 듣고 그의 복수를 해주는 것과 동시에 이수혁을 다시 그들의 노예처럼 부리고자 해서 여기까지 온 것이었다.

"이수혁!"

지금 칼스타인을 부르는 20대 중반의 남자는 과거 이수혁의 기억에 그를 가장 악질적으로 괴롭혔던 동기생들 중 한 명인 허영훈이었다.

'드디어 나타났군. 음… 그런데 박창수가 없네.'

칼스타인은 네 명의 남자를 훑어보고 약간 실망했다는 표정을 지었다. 이수혁을 괴롭힌 주동자라 할 수 있는 박창수가 보이지 않았기 때문이었다.

'뭐 따로 찾아가든지 해야겠군.'

칼스타인은 이수혁의 모든 동기생들에게 복수를 할 생각은 없었다. 100여 명의 동기생들 중에서는 이수혁을 악질적으로 괴롭힌 동기들도 있었으나, 대부분은 방관이나 무관심으로 이수혁을 지나쳤었다.

그런 방관자들까지 복수를 할 생각은 없었다. 다만, 악질적으로 이수혁을 괴롭힌 주동자인 박창수와, 이수혁이 자살이라는 선택을 하게 한 김유빈은 지금의 더러운 기분을 없애기 위해서라도 반드시 복수할 생각이었다.

물론 찾아가지는 않겠지만 그 둘 이외에도 적극적 가담자를 만난다면 용서해 줄 생각은 없었다.

그런 상황에서 이렇게 찾아온다면 그야말로 고마운 상황인 것이었다. 다만, 이들은 모르겠지만 이런 상황 자체를 유도한 것이 칼스타인이었다.

계획대로 되었다는 만족감과 박창수가 없어 아쉬움이 공존하는 마음으로 차에서 내리며 칼스타인은 허영훈에게 말했다.

"누군데 내 이름을 불러?"

"하. 이 새끼 봐라. 이제 각성했다고 상황파악이 안 되나 본데, 이제 갓 C급이 된 헌터치고는 너무 모가지가 뻣

뻣한 거 아냐? 예전에는 내 다리사이로 기어 다녔던 새끼
가 말이야."

허영훈의 말에 나머지 세 명의 킬킬거리는 웃음소리는
내었다.

허영훈과 최상진은 이미 C급이 된지 3년이 지났기에
이제 갓 C급이 된 칼스타인을 완전히 자신들의 아래로
보고 있었다.

물론 시간과 경지는 비례하는 것은 아니나, 각성한지
3개월이라면 아직 자신의 능력조차 제대로 파악하지 못
할 시기이기 때문에 이런 자신감은 어쩌면 당연하다 할
수 있었다.

같이 따라온 이성재는 아직 D급에 머무르고 있었지만,
허영훈과 최상진을 믿고 있었기에 별 걱정 없이 옆에 자
리하고 있었다. 김현수만이 살짝 긴장한 표정을 짓고 있
을 뿐이었다.

"무슨 일로 길까지 막고 날 찾은 거냐?"

칼스타인은 이들이 자신을 찾은 이유를 대강 짐작하고
있었지만, 짐짓 모르는 척 그들에게 물어보았다.

최상진은 칼스타인이 겁먹은 표정도 없이 담담하게 말
하자 어처구니없다는 듯 비웃으며 칼스타인에게 말했다.

"각성했다더니 이 새끼 쎈 척은. 일단 예전 생각이 나게

한 번 두드려 줘?"

이들은 이수혁이라고 알고 있는 칼스타인을 찾은 이유는 단순하였다. 10년 전에 그랬던 것처럼 이수혁을 괴롭히며 자신의 말을 듣던 빵셔틀처럼 부리기 위해서였다.

10년 전 이수혁은 동기 중에서 가장 뛰어난 마나 잠재력을 가지고도 심약한 성격 탓에 모두에게 괴롭힘을 당하였다.

특히, 심리적으로 위축이 된 상태라 정상적인 판단을 하지 못하여 자신을 괴롭히는 아이들이 누군가에게 알리면 자신은 물론이고 자신의 어머니도 죽여 버리겠다는 말도 안 되는 협박에 선생님이나 부모님께 이런 괴롭힘조차 알리지 못하였다.

사실 완전히 말도 안 되는 협박은 아니었다. 이수혁의 아버지 이철주가 비록 C급의 헌터였지만, 능력자 아카데미인만큼 이수혁을 괴롭히는 아이들의 부모 중에서는 A급, B급 헌터들도 있었기 때문이었다.

물론 그 부모들이 제정신이라면 아이들의 말도 안 되는 부탁을 들어줄리 없었지만, 이미 오랜 괴롭힘으로 정상적인 사고를 하지 못했던 이수혁은 그 말을 진실인양 받아들여 무력하게 당하고만 있었던 것이었다. 학습된 무기력이라 할 수 있었다.

지금 나타난 아이, 아니 청년들은 이수혁이 현재에도 이런 심리를 가지고 있을 것이라 판단하였다.

비록 각성을 하여 C급의 헌터가 되었지만, 식물인간에서 깨어난 지 몇 달도 채 되지 않았기에 운이 좋게 각성을 했다고 해도 아직 과거의 심리가 많이 남아있을 것이라고 판단하였다. 나름대로는 합리적인 생각을 통해서 나타난 것이었다.

즉, 이들은 이제 헌터까지 된 이수혁을 다시 한 번 자신들의 노예처럼 부릴 수 있는 기회라 여긴 것이었다.

하지만, 이것은 칼스타인이 노린 것이었다. 얼마 전 김현수와의 기억을 떠올린 순간 칼스타인은 그를 이용하여 과거 이수혁의 악연들을 불러올 수 있을 것이라 판단하였다.

이수혁에 기억 속에 있던 김현수는 재능은 뛰어나진 않았지만, 소위 말하는 일진 아이들과 친하였고 자신의 일거수 일투족을 알려주는 정보원의 역할을 하였었다.

그렇기 때문에 만일 자신 때문에 그가 길드에서 쫓겨난다면 어떤 식으로든 복수를 위해서 과거 괴롭힘의 주동자들을 불러 모을 것이라 생각했던 것이었다.

그래서 테스트 당시 몰래 김현수를 처리할 수 있음에도 불구하고 칼스타인은 그에게 단순 위협정도만 가하였었다. 그것도 김현수가 충분히 알아 볼 수 있을 정도의 위협으로 말이었다.

그리고 그 결과가 지금 이 자리로 나타났다.

"좀 더 많이 불러올 줄 알았는데, 생각보다 내가 김현수에게는 약하게 보였나보군."

태연한 칼스타인의 태도에 동기들을 불러온 김현수는 무언가 잘못되었다는 표정을 지었다.

하지만 허영훈과 다른 동기들은 칼스타인이 허세를 부린다고 생각하였다. 나름 C급 헌터인 둘은 칼스타인이 마나를 감추고 있는 것도 모르는 채 표면적으로 드러난 마나에 자신의 상대가 아니라는 판단을 하였기 때문이었다.

"상진아. 저 새끼 길 좀 들이자. 10년 만에 만나는 거라 아직 분위기 파악을 못하는 갑다."

"흐흐흐. 알겠어. 어차피 길드에서 짤려서 차라리 다크클랜을 찾을까 했는데, 이 새끼만 잘 길들이면 굳이 다크클랜으로 안가도 오렌지존이나 레드존에서 5인 팟으로 사냥뛰면 되겠다. 이 새끼를 몸빵으로 쓰고 말야."

"크큭. 그러니까 팔 다리까지 자르진 마. 붙이려면 괜히 돈 든다."

"알겠어. 하하하."

길드가 양지에서 몬스터를 사냥하는 집단이라면 다크클랜은 음지에서 몬스터를 사냥하는 집단이었다. 다만, 다크클랜은 몬스터만을 상대하는 것이 아니라는 것이 길드와 다른 점이었다.

길드에서는 일반인이나 다른 헌터들과의 분쟁이 생기면 무력을 쓰는 일을 자제하였지만, 다크클랜은 적극적인 무력을 통해서 사건을 해결하는 경우가 많았다.

말이 좋아 다크클랜이지, 과거 조직폭력배와 다를 것 없는 헌터들이라 할 수 있었다. 지금 이들은 길드에서 쫓겨나 이런 다크클랜을 찾으려 했다는 말을 하는 중이었다.

어릴 때 악인(惡人)이 나이가 든다고 저절로 선인(善人)이 될 리가 없다.

오히려 어릴 때 악인이면 악인으로 계속 커갈 가능성이 훨씬 높았다. 그리고 이들은 그 높은 가능성 속에 있었다.

과거 이수혁은 김유빈의 충격적인 말에 제대로 된 유서조차 남기지 않고 갑자기 투신하여 식물인간이 되었기에, 그 사건으로 인하여 처벌 받은 사람은 아무도 없었다. 단순 학업 스트레스로 인한 자살 정도로 마무리 되었던 것이었다.

혹시나 이수혁의 괴롭힘으로 누군가가 처벌을 받았다면 드문 확률이겠지만 개과천선의 기회가 생겼을지도 모르나 나쁜 짓을 하고도 아무도 아무런 처벌을 받지 않자, 이들은 나쁜 짓을 하더라도 걸리지만 않으면 된다는 사상이 더 강해졌다.

결과적으로 이들은 그런 악심을 품고 성인이 되었다. 그리고 아카데미 출신답게 헌터도 되었다. 그렇게 이들은 한 꺼풀만 벗겨 보아도 악심이 한껏 드러나는 그런 악한 헌터가 되어 버린 것이었다.

"구제불능이군."

"뭐 구제불능? 이 새끼가 진짜 겁 대가리를 상실했구만. 일단 좀 맞자!"

칼스타인의 나지막한 읊조림을 들었는지 최상진은 발끈하며 말하더니 칼스타인에게 주먹을 휘둘렀다.

하지만 이런 주먹에 맞아줄 칼스타인이 아니었다. 가볍게 뒤로 물러나면서 그의 주먹을 피하자 최상진은 어이없다는 듯한 표정을 지으며 다시 말했다.

"어쭈, 이 새끼 봐라."

"다 남길 필요는 없으니 한 놈만 남겨볼까? CCTV도 없으니 잘 됐군."

애초에 허영훈 등은 자신들의 할 행동에 대한 증거를

남기지 않기 위해 CCTV가 없는 곳을 골라서 나타난 것이었기에 이곳에 CCTV가 없는 것은 어쩌면 당연한 일이었다. 어차피 옐로우 존에는 마물들 때문에 거의 CCTV가 설치되어 있지도 않았다.

칼스타인의 담담한 말에 더 화가 난 최상진은 마나까지 드리운 채 주먹을 날렸는데, 이번에 칼스타인은 피하는 대신 주먹을 잡아버렸다.

주먹이 잡힌 최상진은 당황하기는커녕 칼스타인을 비웃으며 말했다.

"응? 크크. 힘으로 해보자는 거냐? 내 능력이 뭔지 알았다면 잘못된 선택이라는 것을 알았을 텐데⋯ 불쌍한 놈, 크크큭. 하압!"

원래도 우락부락한 외모의 최상진은 기합과 함께 주먹에 마나를 불어 넣었는데, 마나의 주입과 동시에 그의 오른팔에 북슬북슬한 털과 함께 엄청난 괴력이 발생하였다.

'으음? 수인족(獸人族)의 능력을 얻은 것인가?'

지금 최상진의 팔의 모습은 곰의 팔과 크게 다르지 않았다. 생긴 건 곰의 팔이지만 그 힘은 곰이 가진 힘의 몇십 배가 넘는 엄청난 힘이었다.

더군다나 전체 수인화가 아닌 부분 수인화로 힘을 발

휘하는 것을 보니 최상진은 이미 이 힘에 익숙한 것처럼 보였다.

하지만 그 뿐이었다.

우드득~!

괴력을 가진 곰의 주먹이었지만, 순간적으로 마나를 집중한 칼스타인이 그보다 더 큰 힘으로 최상진의 주먹을 으스러트려버렸다.

겉보기엔 동일한 C급이지만 순간적으로 마나의 집중이 가능한 칼스타인은 A급의 헌터와 붙어도 충분히 상대할 자신이 있었다.

검기를 뿜어내는 마스터급이라면 모를까 같은 익스퍼트라면 최상급 익스퍼트라도 칼스타인은 밀린다는 생각을 하지 않았다.

당연히 보통의 C급 헌터에 불과한 최상진 따위야 칼스타인에게 한주먹 거리였다.

"으아악!"

신경마저 짓이겨 버려 최상진은 엄청난 고통에 비명을 지를 수밖에 없었다. 하지만 칼스타인은 그의 비명소리를 그냥 듣고만 있지는 않았다.

"시끄럽군."

그 말과 함께 다시금 손에 마나를 드리운 칼스타인은 최상진의 으스러진 주먹 잡고 그대로 오른팔을 뽑아버렸다.

극도의 고통에 최상진은 비명조차 지르지 못하고 눈만 부릅뜬 채 바들바들 떨고 있었다. 몬스터와의 싸움에서 상처를 입은 적은 많았지만, 팔이 그대로 뽑히는 고통은 처음 겪어본 일이었다.

보통은 이 정도 고통이면 기절하는 경우가 많은데 수인화 능력을 얻은 최상진은 신경줄 또한 두꺼워졌는지 아직 기절하지는 않은 상태였다. 다만 기절은 하지 않았지만, 너무나 큰 고통에 비명도 지르지 못하고 바들바들 떨고 있을 뿐이었다.

칼스타인은 최상진의 비명이 멈추자 만족스러운 표정으로 고개를 끄덕이며 말했다.

"이제 좀 조용한데? 음?"

바들바들 떨던 최상진의 목이 트이면서 다시 비명을 지르려고 하자 칼스타인은 고개를 저으며 다시 말한 뒤 주먹을 날렸다.

"아니군."

퍼억~! 털썩~!

칼스타인의 주먹은 최상진의 머리를 날려버렸는데 머리가 사라진 최상진의 몸은 당연히 바닥으로 쓰러졌고, 이 광경에 나머지 네 명의 동기들은 얼음처럼 몸이

굳어져 버렸다.

너무도 허무하고 어처구니없는 죽음이었기 때문이었
다. 칼스타인이 이런 능력을 보이리라고 생각조차 하지
않았기에 그들의 놀라움은 더 컸다.

최상진 역시 C급 헌터이기에 만일 자신의 장비를 완전
히 갖추고 전력을 다해서 칼스타인과 상대하려 했다면
이렇게까지 허무하게 죽지는 않았을 것이었다.

물론 결과야 같았겠지만 조금 더 싸움다운 싸움을 할
수 있었을 지도 몰랐다. 하지만 아무런 장비도 없는 상태
에서 방심까지 한 최상진은 순식간에 칼스타인에게 죽음
을 당하고 말았다.

"왜 그래? 이제 시작인데."

적을 상대하더라도 깔끔하게 처리하는 것을 좋아하는
칼스타인이었지만, 유일하게 그의 손속이 거칠 때가 있
었다.

바로 복수를 할 때였다. 과거 그의 가족들을 노예로 부
렸던 하야크 가문도 칼스타인이 힘을 얻은 다음 처참하
게 도륙하였었다. 그로 인하여 블러디 킹이라는 별칭을
얻었으나 칼스타인은 개의치 않았다.

그리고 지금 칼스타인은 그 때와 비슷한 기분을 느끼
며 최상진의 머리를 날렸던 것이었다.

"으아아악! 이 자식!"

허영훈은 갑작스러운 최상진의 죽음에 분노하며 양 손에 에너지탄을 생성시킨 뒤 칼스타인에게 마구 난사를 하였다. 허영훈은 그의 덩치와는 다르게 원거리공격형의 헌터인 것 같았다.

분노로 인해서 마구잡이로 날리는 것 같았지만, 에너지탄에는 목표에 대한 추적의 기능이 있는지 십여 개의 주먹만한 에너지탄은 모두 칼스타인에게로 날아오고 있었다.

하지만 그 공격에 맞을 칼스타인이 아니었다. 물론 직격한다 해도 그리 큰 피해는 없겠지만, 칼스타인은 손에 마나를 드리운 뒤 자신에게 날아오는 십여 개의 에너지탄을 모두 빗겨내어 버렸다.

쾅~ 쾅~ 쾅쾅~

칼스타인의 손짓에 따라 허영훈의 에너지탄들은 모조리 주변의 바닥과 나무 등지로 날아가 버렸는데, 허영훈의 공격은 그것으로 끝이 아니었다.

조금 전의 공격이 시간을 끌기 위한 것이었다는 듯이 허영훈은 직경 오십 센티미터에 가까운 커다란 에너지탄을 생성시켜 마치 대포알처럼 그것을 쏘아냈다.

"죽어라!"

크기도 크기였지만 그 속도 역시 조금 전의 에너지 탄에 비해서 월등히 빨랐다. 허영훈이 보기에 칼스타인은 조금 전의 에너지탄을 막아내느라 이 에너지탄을 피하거나 막기 힘들 것이라 판단하였다. 그러나 그것은 허영훈의 오산이었다.

칼스타인은 양손으로 태극의 모양을 그린 뒤 너무도 자연스럽게 두 손을 앞으로 내밀어 허영훈의 에너지탄을 맞이하였다.

휘이잉~!

칼스타인의 손짓에 허영훈이 날린 에너지탄은 부드러운 회전을 하더니 아까 전 보다도 더 빠른 속도로 허영훈에게로 날아가 버렸다.

"으헛!

전혀 생각지도 못한 일에 허영훈은 피하기는 늦었다는 것을 깨닫고, 그가 신고 있는 특이한 모양의 신발에 급하게 마나를 주입하였다.

신발은 마법물품이었는지 옅은 푸른 빛과 함께 순식간에 허영훈을 에너지탄이 날아오는 자리에서 사라지게 만들었다.

콰앙!

그러나 그 곳에는 허영훈만 있는 것이 아니었다. 김현

수는 다소 떨어진 거리에 있어서 괜찮았지만, 허영훈의 바로 뒤에 있던 이성재는 허영훈이 피해버리자 에너지탄에 직격당해 버리고 말았다.

그리고 장비도 없었고 마나조차 끌어올리지 않았던 D급 헌터 이성재는 C급 헌터인 허영훈이 전력을 다한 에너지탄에 맞고 그대로 즉사해버렸다.

"성재야!"

김현수는 이성재의 이름을 불렀지만 이미 죽어버린 이성재가 대답할 리 없었다. 김현수의 목소리를 들은 허영훈은 이성재가 잘못되었음을 알고 그를 돌아보려하였지만 지금 허영훈은 이성재의 상황을 걱정할 때가 아니었다.

번개처럼 움직인 칼스타인이 그의 목덜미를 잡았기 때문이었다.

"커헉!"

칼스타인은 블링크 슈즈를 통해서 10여 미터 정도 이동한 허영훈의 목덜미를 잡으며 아깝다는 듯 중얼거렸다.

"허. 저렇게 쉽게 보내주면 안 되는데."

이미 죽어버린 이성재의 이야기였다. 아마 이성재는 별 다른 고통도 느끼지 못하고 죽었을 것이었는데, 그것은 칼스타인의 복수 원칙과는 맞지 않는 것이었다.

"크윽… 이… 수혁… 이 놈… 네가… 이러고도… 무사할… 것 같으냐…."

허영훈은 목이 잡혀서 제대로 목소리를 내지도 못했지만, 아직 독기는 살아있는지 칼스타인을 협박하는 듯한 말을 하였다.

"하하하. 난 너 같이 독기 있는 녀석들이 좋아. 복수하는 맛이 있거든."

그 말과 함께 칼스타인은 조금 전 최상진처럼 허영훈의 오른팔을 뽑아버렸다.

"으아아악!"

허영훈의 비명에도 아랑곳 않고 칼스타인은 마나를 이용해 뜯겨져나간 허영훈의 어깨부위를 지혈 하였다. 과다출혈로 사망하는 것을 원치 않았기 때문이었다.

피는 멈췄지만 허영훈의 비명은 멈추지 않았다. 칼스타인은 계속해서 비명을 지르는 허영훈의 성대에 마나를 주입하며 그 기능을 멈추어 버렸다.

"쉬잇! 이제 시작했는데 너무 시끄럽잖아."

큰 혈관은 지혈이 되었지만 모세혈관에서는 피가 흐르고 있어 지금 허영훈의 오른쪽 어깨에서는 피가 뚝뚝 떨어지고 있었다.

"균형을 맞춰야겠지?"

이번에는 왼팔이었다. 목소리를 내지 못하는 허영훈은 눈을 까뒤집으며 온 몸을 벌벌 떠는 것으로 자신의 고통을 대신 표현하였다.

결국 한계치 이상의 고통을 느낀 허영훈은 몸을 축 늘어트리며 기절하고 말았다. 그러나 칼스타인은 그가 기절해 있도록 두지는 않았다.

"어어. 일어나야지. 허영훈."

칼스타인이 머리로 직접마나를 주입하자 허영훈은 강제로 정신을 차릴 수밖에 없었다. 정신을 잃었다가 찾으며 잠시 몽롱한 기분에 지금 이 상황이 꿈인가 하였지만, 이내 밀려오는 고통에 현실을 깨달을 수 있었다.

"네가 강자일 때 네 마음대로 이수혁을 괴롭혔듯이, 지금은 내가 강자이니 내 마음대로 너를 처리할 거야. 아. 이와 관련한 유명한 말이 있지? 눈에는 눈, 이에는 이라는 격언 말이야. 참 마음에 들어. 하하하."

웃음과 동시에 칼스타인은 허영훈 척추 몇 곳에 특정한 방식으로 마나를 주입하였다. 과거에도 했었던 방식의 고문방법인데 지금 허영훈은 극심한 가려움을 느끼고 있을 것이었다.

신경을 직접 자극하는 방식이기 때문에 아무리 몸을 긁어도 가려움은 없어지지 않았다. 더군다나 지금 허영훈은 두 팔마저 없는 상태이기 때문에 몸을 긁을 수조차 없었다.

칼스타인이 부들부들 떠는 허영훈의 목덜미를 놓아주자 바닥에 떨어진 허영훈은 벌레처럼 온 몸을 바닥에 비비면서 가려움을 해소하려고 하였다.

두 팔이 없는 허영훈이 온 몸이 피범벅이 된 채 바닥을 뒹구는 모습은 처량, 아니 처참하게 보였는데, 칼스타인은 냉정한 눈으로 한참동안 그의 모습을 바라보다가 나지막이 말했다.

"시간이 많이 없으니 여기까지만 하자."

퍽~!

칼스타인이 허영훈의 머리를 손가락으로 가리키자 그의 손가락에서 은빛의 기운이 쏘아지더니 허영훈의 머리가 터져버렸다. 움직이던 관성이 남아있었는지 잠시 꿈틀대던 허영훈은 이내 움직임을 멈추고 말았다.

"이제 너만 남았나?"

지금 이 자리에 남은 것은 김현수뿐이었다. 겁에 질린 김현수는 도망치지도 못 한 채 바짓가랑이를 축축히 적시며 벌벌 떨고 있을 뿐이었다.

"사… 살려…줘… 수혁아… 제… 제발….."

"내가 아까 뭐라고 했지? 눈에는 눈, 이에는 이라잖아.

좋은 옛말이 있는데, 후손으로서 따라주는 게 좋지 않겠어?"

칼스타인의 말에 김현수는 벌벌 떨면서 목소리를 쥐어짜냈다.

"나… 나는… 그렇게 널 괴롭히지…. 않았어…."

"그건 받아들이는 사람에 따라 다르겠지. 아. 그리고 참고로 말하면 네가 그 때 날 별로 괴롭히지 않은 것처럼, 나도 지금 널 그렇게 괴롭히고 있지는 않단다."

실제로 칼스타인이 알고 있는 수천여가지의 고문 방법 중 어떤 것도 사용하지 않고 있었기 때문에 그의 말은 거짓은 아니었다.

그 말에 김현수는 절망스러운 표정을 지었는데, 그런 김현수에게 칼스타인은 한 가지 질문을 던졌다.

"하나만 물어보자. 박창수는 왜 안 왔지?"

과거 김현수는 박창수에게 가장 많은 정보를 물어다 주었는데, 그가 안 온 것은 다소 의외였다.

김현수는 질문에 대한 답을 하면 자신이 살 수 있다고 생각했는지 칼스타인이 묻지도 않은 박창수에 대한 시시콜콜한 일까지 모두 알려주었다.

그의 말에 따르면 박창수는 아카데미를 졸업한 후 인맥을 통해서 국내 5대 길드 중 하나인 제천 길드에 들어갔다고 하였다. 이후 차근차근 능력을 쌓은 박창수는 얼마 전 B급 헌터가 되었다고 하였다.

이번 일에 대해서는 김현수가 사전에 알려주었지만 갑작스러운 몬스터 홀 사냥이 생겨 함께 하지 못했다고 하였다.

'역시 개과천선할 놈은 아니었지. 제천이라. 흐음….'

칼스타인이 생각에 잠긴 것을 자신을 살려줄지 말지의 고민이라 생각한 김현수는 그의 바지를 붙잡고 목숨을 구걸하였다.

"수… 수혁아. 다… 다 말했으니 나… 좀 살려줘. 저… 절대 오늘 일은 누구에게도 말하지 않을게."

"말하지 않는 것이 아니라 말할 수 없을 거야."

퍼억~!

칼스타인은 아까 허영훈의 마지막을 장식했던 은빛 기운으로 김현수의 머리에 동전만한 구멍을 내는 것으로 김현수의 생을 마감시켰다.

"허영훈에게 고마워 해. 그 녀석이 좀 버텨줘서 기분이 약간 풀렸으니까 널 이렇게 쉽게 보내는 거니까."

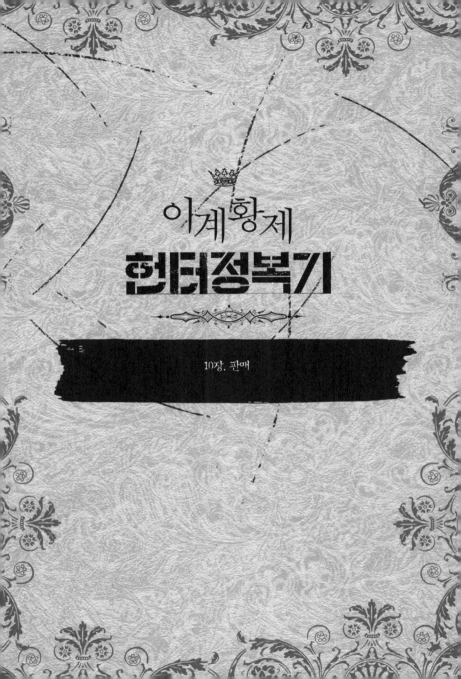

이계황제 헌터정복기

10장. 판매

10장. 판매

　김현수까지 해치우면서 오늘 왔던 모두를 처리한 칼스타인은 이들의 시체를 하나씩 모으더니 그들이 타고 왔던 차에 넣어버렸다. 차량 안에 넣은 다음 한 번에 처리할 생각이었다.

　그렇게 시체들을 옮기던 중 칼스타인의 눈이 허영훈의 발에 닿았다.

　'아까 저기에 마나를 주입하니 순간이동을 하였지?'

　허영훈의 블링크 슈즈를 벗겨 낸 칼스타인은 신발을 들어 이리저리 살펴보았다. 신발의 한 구석에는 마치 상표처럼 검은 색 탑 모양이 찍혀있었는데, 그것만 보더라도 아티팩트가 아닌 양산품의 마법물품인 것을 알 수 있었다.

물론 그렇다 하더라도 마법물품임은 분명하였으니, 적은 가치는 아닐 것이었다.

'한 번 팔아봐?'

양산품인 만큼 이것을 판다고 해도 큰 문제가 없을 것 같았다. 얼마 전 장길호와 함께 블랙마켓을 다녀왔던 칼스타인은 그 위치 또한 알고 있었기에 판매하는데 지장은 없을 것 같았다.

그렇게 블링크 슈즈를 갈무리하고 다른 장비들이 있는지 찾아봤지만, 이들은 몬스터와 전투를 생각하고 온 것이 아니었기에 별다른 장비는 없었다.

모든 시체를 차로 옮긴 칼스타인은 삼매진화를 통해서 차에 불을 붙였고 얼마 지나지 않아 차량은 큰 폭발음을 내면서 터져버렸다.

하지만 이것으로 모든 흔적을 지운 것은 아니었다. 칼스타인 역시 이를 잘 알고 있었기에 시체를 치운 후 가만히 자신의 마나파장을 바꾸었다.

지금 칼스타인이 보이는 마나 파장은 몬스터의 그것과도 흡사하였는데, 그렇게 마나파장을 바꾼 칼스타인은 조금 전 전투의 흔적 위에서 마나탄을 뿌렸다.

콰앙~ 쾅~ 쾅~!

마나파장을 바꾸는 것은 칼스타인이 헤스티아 대륙과 지구를 왔다갔다하며 마나성질을 분석하다가 최근 파악한 수법으로, 처음에는 이런 쓸모가 있을 것이라 생각은 하지 않았었다.

마나에 대한 연구이자 단순한 호기심으로 한 것이었는데 이 방법을 사용한다면 자신의 흔적을 감출 수 있을 것이라는 판단이 든 이후로는 연습을 통해서 어느 정도 자유자재로 마나파장을 바꿀 수 있게 하였다.

어차피 몬스터가 드나드는 옐로우존에서 일어난 사건이었다. 이렇게 몬스터의 파장만 여기저기 뿌려놓는다면 몬스터로 인한 단순 사고 정도로 마무리될 가능성이 높았다.

'흐음… 그랜드마스터 정도에 오른다면 특정인의 마나파장까지도 따라 할 수 있겠는데?'

지금이야 세밀한 컨트롤이 불가능해서 대강 몬스터의 파장과 비슷하게 흉내만 내는 정도였는데, 만일 그랜드마스터에 올라 세밀한 컨트롤이 가능해진다면 능력자의 지문이라 할 수 있는 마나파장을 변조하여 다른 사람으로 위장 할 수도 있을 것이라는 판단이 들었다.

여기저기 마나탄을 뿌리며 어느 정도 자신의 흔적을

치웠다고 칼스타인이 생각하고 있을 때 어디선가 싸이렌 소리가 들려왔다.

왜애애애애앵~ 왜애애애앵~

"몬스터 출현 경고입니다. 몬스터 출현 경고입니다. 개성 322 구역에 사는 거주자들은 신속하게 인근 대피소로 대피하여 주시기 바랍니다. 다시 한 번 말씀드립니다. 개성 322 구역에 사는 거주자들은 신속하게 인근 대피소로 대피하여 주시기 바랍니다."

칼스타인이 인위적으로 만든 몬스터의 마나파장을 몬스터 탐지기가 잡았는지 해당 구역의 대피 방송이 나왔다.

'이제 대충 정리 되었군.'

자신이 할 일을 마무리 한 칼스타인은 거침없이 차를 몰아 집으로 돌아갔다.

❖

집으로 돌아온 칼스타인은 박정아에게 문안 인사를 하고 잠시 이야기를 나눈 뒤 사냥 후 몸풀이 운동을 한다는 명목으로 아파트 뒤에 산으로 올라갔다. 해야 할 일이 있었기 때문이었다.

'시스템 접속.'

시스템의 상태창을 통해서 본 자신의 상태는 더 이상 CS급이 아니었다. 조금 전 허영훈 등과의 전투에서 흥분된 상태에서 약간 과도하게 손을 쓰다보니 체내에 퍼트렸던 마나의 일부가 어느새 단전으로 스며들어버려 BF급에 도달했던 것이었다.

본신의 마나통제력이라면 이런 일이 있을 리 없었지만, 지금의 상태로는 어쩔 수 없는 부분이었다.

'큭. 이렇게 되면 어쩔 수 없군.'

어차피 C급을 벗어났기에 더 이상 마나를 퍼트려 등급의 상승을 억누르는 것은 의미가 없었다.

일단 올릴 수 있는 등급까지 한 번에 올려 버리는 것이 낫다고 판단한 칼스타인은 등산로에서 벗어나 인적이 드문 곳에 간단한 결계를 펼친 뒤 가부좌를 틀고 자리를 잡았다.

천천히 내부를 관조하던 칼스타인은 지금까지 알테아식 마나 수련법으로 몸 전체에 저장해놓았던 마나를 일시에 단전으로 끌어당겼다.

마나는 세맥(細脈)을 타통시키며 칼스타인의 인도에 따라서 단전으로 몰려들었고, 하나로 뭉쳐지며 하나의 흐름을 보이기 시작하였다.

이 흐름 역시 칼스타인의 의념으로 조절이 가능하였다. 이미 환골탈태를 한 몸이라 깨끗한 혈맥을 따라서 마나는 대주천을 하였는데 아직 마나가 부족해서 그런지 머리 꼭대기의 천문(天門)을 열지는 못하였다.

천문이 열려야 자연의 마나와 소통을 하면서 마음대로 검기를 뿌려도 마나의 부족함을 느끼지 않을 수 있을 것인데, 칼스타인이 모은 마나는 아직 그에는 한참 미치지 못하였다.

어쨌든 그렇게 마나의 흐름을 장악한 칼스타인은 알테아식 마나수련법으로 모은 마나를 모두 에르하임식 마나수련법 즉, 혼원무한신공의 마나로 전환하였다.

얼마의 시간이 지났을까, 수차례의 대주천을 통해서 마나를 전환한 칼스타인은 수련을 마쳤다는 듯 눈을 떴는데, 그의 눈에 비치는 번뜩이는 안광이 그의 경지에 다소 진전이 있었음을 짐작하게 하였다.

'일단 상태부터 확인해야겠군.'

[기본정보]
이름 : 이수혁, 등급 : BC
카르마포인트 : 50,223/150,223, 상태 : 정상
[능력정보]

신체능력 : BB, 정신능력 : X(측정불가), 마나능력 : BC

[기술정보 (타입: 무투형)]

혼원무한신공(SS) 47/92, 혼원무한검법(SS) 33/95, 카이테식 검술(S) 62/100, 파르마탄식 체술(S) 51/100, 아리엘라식 검술(S) 59/100, 알테아식 마나수련법(S) 61/100, …, 삼목심안(C) 77/100

'아직 A급도 안 되는군. 후… 마스터까지 마나를 모으는 것만 해도 꽤나 시간이 걸리겠는데….'

능력을 각성한지 몇 달도 채 되지 않았는데 C급에서 B급으로 승급했다는 것은 엄청나게 빠른 일이었지만, 아직 본신의 힘에는 턱없이 부족한 무위였기에 칼스타인의 무력에 대한 갈증은 아직 그치지 않았다.

더군다나 혼원무한신공의 가장 큰 단점이 마나를 모으는 속도가 느리다는 점이니 그 갈증이 해소되는 것도 용이치 않았다.

강력한 의념을 통해서 다른 사람보다 빠르게 마나를 모으고 있지만 무공의 특성상 칼스타인의 기대에는 미치지 못하는 속도임은 분명하였다.

'적어도 그랜드마스터급까지는 올라가야 좀 자유로이

다닐 텐데 말이야.'

지금은 얼마나 늘어난 지 모르겠지만 이수혁이 가지고 있는 10년 전의 기억에 따르면 이 세계에는 5인의 SS급을 능가하는 헌터 즉, 그랜드마스터가 있다고 하였다.

만일 10년간 두 배로 늘어났다 하더라도 10명 정도이니 만일 자신이 그랜드마스터의 경지에 오른다면 운신을 제약하는 요소가 매우 적어질 것이라 판단하고 있었다.

'그런데 이 세계에도 라이트 소더가 있으려나?'

이수혁의 기억 속에는 그랜드마스터가 최종적인 경지라 되어 있었지만, 그 이상의 경지에 있었던 칼스타인은 당연히 그것이 아님을 알고 있었다.

그리고 헤스티아 대륙에서 자신이 경지를 감추었듯이, 이곳에서도 경지를 감춘 사람이 충분히 있을 수 있었다.

'있다면 한 번 붙어보고 싶군… 뭐, 지금으로서는 불가능하겠지만 말이야.'

❖

집에서 하루를 쉰 칼스타인은 뒷풀이를 가기에 앞서 얼마 전 장길호와 함께 들렸던 블랙마켓으로 향했다.

어제 획득했던 허영훈의 블링크 슈즈를 팔기 위해서였다.

보통 블랙마켓이라 부르는 시장은 하나의 마켓을 지칭하는 것은 아니었다. 공식적인 마켓 운영하는 주체별로 다양한 마켓으로 구분되듯이 블랙마켓 역시 그 운영 주체에 따라 수많은 블랙마켓이 있었다.

다만, 공식적인 마켓은 어디를 가나 최소한의 품질 보장이나 AS가 되지만, 블랙마켓은 운영주체에 따라서 다르지만 대부분 품질 보장이나 AS는 생각하지 말아야 했다. 심지어는 마켓보다 더한 폭리를 취하는 블랙마켓도 있었다.

지금 칼스타인이 가는 블랙마켓은 많은 블랙마켓을 다닌 장길호의 경험상 그 스스로 상당히 괜찮다고 평가하는 곳이었다.

칼스타인 역시 저 번에 들렸을 때 테스트 때 받았던 D급 마정석 2개와 C급 마정석 1개를 팔았는데, 마정석의 마나측정 결과 모두 합쳐 천이백만 원의 현금을 받을 수 있었다.

만일 일반 마켓에서 팔았다면 세금을 제하면 천만 원도 까딱까딱 했을 마나 수치라 칼스타인은 이 블랙마켓에서의 거래를 만족하고 있는 상태였다.

'오늘은 얼마를 받으려나?'

칼스타인은 협회 뒤 골목이 이어진 곳으로 들어가더니 허름하게 생긴 다세대 주택의 한 쪽 문에 카드를 대었다.

보통 블랙마켓은 단속을 피하기 위해서 회원제로 운영하는 경우가 많았는데, 그 회원이 되기 위해서는 다른 회원의 보증이 필요하였다.

칼스다인은 저번에 장길호와 함께 왔을 때 그를 보증인으로 하여 회원카드를 만든 상태이기에 이 블랙마켓에 출입 하는 데는 문제가 없었다.

자동으로 열린 문을 따라서 다세대 주택의 안으로 들어가니, 그 안은 다세대 주택이 아닌 가운데가 뻥 뚫린 쇼핑몰과 같은 구조로 여러 가게가 통로에 따라 이어진 넓은 쇼핑 공간으로 이루어져 있었다.

이곳에 아직 한 번 밖에 들르지 않았던 칼스타인은 별수 없이 전에 마정석을 판매했던 상점으로 이동하였다.

마법물품을 파는 상점으로 바로 가지 않았던 것은 어느 가게가 괜찮은 가게인지 아직은 알 수 없었기 때문에, 그나마 친분이 있는 마정석 상점의 주인에게 물어보기 위해서였다.

딸랑~

칼스타인이 상점의 문을 열고 들어오자 상점의 주인이

칼스타인을 알아보았는지 웃으며 그를 반겼다.

"오~ 어서오게나. 또 가외 수입이 생겼나보지?"

상점 주인 역시 길드 소속의 헌터들은 거의 모두 길드에서 일괄 정산 하는 것을 알고 있었다. 그렇기 때문에 가외로 소득이 있지 않고서는 따로 이렇게 블랙마켓에 올 리가 없다는 것 또한 알고 있었기에 이런 질문이 가능하였다.

"네, 조 사장님 가외수입이라면 가외수입인데 마정석은 아닙니다."

"엥? 마정석이 아닌데 왜 나한테… 아. 그렇군. 그 때 길호가 너 여기 처음이라고 했으니… 마법물품 상점을 소개시켜 달라는 거군."

50대가 넘는 마정석 상점의 주인 조 사장은 눈치 역시 빨랐다. 칼스타인이 무엇을 원하는지 한 번에 알아맞춘 것이었다.

"그렇습니다."

"근데 뭘 팔러 온 거야?"

"아. 블링크 슈즈입니다."

"블링크 슈즈? 아티팩트는 아닐 테고… 백탑 거야, 흑탑 거야? 설마 브랜드 없는 건 아니지?"

"흑탑입니다."

"흑탑 거라… 이동거리는 알고? 방향지정은 되고? 연속 사용은?"

블링크 슈즈는 생각보다 흔한 마법물품이었다. 순간적으로 위험에서 벗어날 수 있다는 장점이 있었기에 많은 헌터들이 구명줄로 쓰기 위해 구매를 하였기 때문이었다. 다만, 흔한만큼 그 성능에 따라서 가격은 천차만별이었다.

"거리는 최대 30미터이고, 방향지정은 됩니다. 다만, 연속사용은 안 되더라구요."

칼스타인은 이미 블링크 슈즈에 대한 테스트를 해보았기에 대강의 스펙은 말해줄 수 있었다.

"흐음. 일단 알겠네. 최 사장한테 가면 되겠군. 내가 전화해 놓을 테니 가격을 후려치지는 않을 거야. 2층 북쪽 끝에 있는 성호 상회로 가봐. 녹색대문이니 찾기 쉬울 거야."

"감사합니다. 다음번엔 마정석을 가지고 오겠습니다."

"그래. 나도 땅 파서 장사하는 거 아닌 거 알지?"

블랙마켓답게 조 사장은 출처에 대해서는 묻지 않았다. 만일 등록된 아티팩트나 마법물품이라면 등록을 지우는 것에도 상당한 비용이 들겠지만, 지금 칼스타인이 말한 블링크 슈즈 정도에 그런 등록을 하는 경우는 거의 없었다.

등록된 마법물품이 아니라면 블랙마켓에서 더 이상 출처는 문제가 되지 않았다. 어디서 얻었든 한 번 세탁이 되어서 나갈 것이기 때문이었다.

조사장이 말한 녹색 대문으로 들어서자 여자치고는 큰 키를 가진 20대 중반의 젊은 여성이 카운터를 보고 있었다. 보통 블랙마켓은 종업원을 두지 않았기에 칼스타인은 다소 의아한 표정으로 그녀에게 물었다.

"혹시 점장님은 어디 가셨나요?"

짧은 숏커트의 헤어스타일과 뚜렷한 이목구비를 가져 다소 서구적인 외모라 할 수 있는 카운터의 젊은 여성은 이런 질문을 많이 받았는지 한숨을 내쉬며 칼스타인에게 말했다.

"에휴… 제가 점장인데요."

"그렇군요. 생각보다 너무 젊은 분이 앉아 계셔서 실례했습니다. 혹시 조 사장님이 전화주시지 않았던가요?"

"아. 조씨 아저씨 소개로 오신 분이군요. 최선주라고 합니다."

"이수혁입니다."

경계심을 한껏 드리웠던 최선주는 조 사장의 소개라는 말에 경계심을 늦추고 통성명을 하였다.

더군다나 칼스타인의 젊어 보인다는 말에 기분이 좋았는지 그녀는 얼굴에 미소를 띄우며 칼스타인에게 물었다.

"조 사장님 말씀으로는 블링크 슈즈를 판다하셨는데 맞죠?"

"네, 여기 있습니다."

칼스타인은 품 속 압축주머니에서 허영훈의 블링크 슈즈를 꺼내었다. 압축주머니는 장비의 보관 등을 위해서 길드에서 대여해 준 것이었다.

최선주는 블링크 슈즈의 여기저기를 살펴보더니 카운터 구석에 있는 기기에 슈즈를 올린 후 기기를 작동시켰다.

기기는 전기로 작동하는 것이 아니라 마나로 작동하는 것으로 보였다. 즉, 마나기기를 작동시키는 것으로 보아 최선주 역시 마나 사용자임을 알 수 있었다.

그렇게 오분 여의 검사를 마친 후 최선주는 칼스타인에게 말을 건넸다.

"짝퉁은 아니네요. 제품명 BLK-C3 흑탑제조 블링크 슈즈군요. 보통은 이 제품은 내부 마나회로 교체 없이 5년 정도로 내구연한을 보는데, 회로의 상태를 보니 사용한지 아직 2년 정도 밖에 되지 않았네요."

최선주는 모델명과 내구연한 등을 자세히 알려주었지

만 칼스타인은 그다지 관심이 없었다. 그의 관심은 가격이었다.

"그래서 얼마의 가치가 있는 거죠?"

"음… 지금 BLK-C3는 단종되었는데 당시 시판가격이 5천만 원이었어요. 단종되어 AS가 힘들고 남은 내구 연한이 3년이니 2천만 원 드릴게요. 조씨 아저씨가 추천한 거라 이렇게 주는 거에요. 이 정도 상태면 천오백 받으면 많이 받는 거라구요."

칼스타인은 대답대신 삼목신안을 일으켜 슬쩍 최선주를 살폈다. 확실히 그녀의 상태는 거짓을 말하는 기색이나 과도한 물욕은 없는 상태였다. 바가지를 씌우는 것은 아니라는 의미였다.

"네, 좋습니다. 2천 주시죠. 아. 그리고 소형 공간 압축 주머니가 있으면 하나 사고 싶은데요."

고급 헌터나 돈이 많은 마나 사용자는 아공간이 설치된 반지나 팔찌 등의 장신구를 사용하지만 그런 장비는 싼 것이 억대가 넘었다. 그렇기에 칼스타인은 일반 공간 압축 주머니를 요구하였다.

"소형이면… 직경 1미터 정도의 물품을 담을 수 있는 압축주머니가 천만 원 정도해요. 이 이상은 직경이 두 배 커질 때마다 가격은 보통 네 배에서 여덟 배까지 오르구요.

중형은 그거 반 정도해요, 대형은 당연히 더 싸고."

그녀의 말에 따르면 지금 칼스타인이 살 수 있는 것은 가장 작은 압축 주머니였다. 하지만, 칼스타인은 주머니에 넣고 다닐 정도로 작은 주머니가 필요하였기에 일단 가장 작은 압축주머니를 선택하였다.

"그럼 천만 원만 드리면 되겠네요. 현금으로 드릴까요, 금으로 드릴까요?"

세금 문제가 있기 때문에 블랙마켓에서는 당연히 카드 거래는 하지 않았다. 금액이 더 커지다면 계좌 이체거래를 하며 별도의 세탁과정을 거칠 수도 있었으나 이 정도 금액은 무조건 현찰 박치기였다.

"현금으로 하죠."

최선주는 익숙하게 바닥의 금고에서 현금과 조그만 주머니를 꺼낸 후 칼스타인에게 건네며 말했다.

"여기 있습니다. 다른 것 필요한 것은 없으세요?"

"일단은 됐습니다."

"그럼 또 오세요. 다른 곳에 물어보세요. 제품명과 잔여 내구연한만 말해도 오늘 거래 잘했다고 할 거에요. 이제 안면 텄으니까 저한테 바로 오시면 되요. 뭐 오래 있을 건 아니지만 그 때까지 잘 해봐요."

다른 말은 모르겠지만, 오래 있지 않는다는 최선주의

말에 칼스타인은 의아해 하며 물었다. 그녀 말대로 안면을 익혔으니 이곳을 주로 이용할 생각이었는데 주인이 바뀐다면 의미가 없는 일이었기 때문이었다.

"오래 있을 건 아니라면 문 닫으시는 건가요?"

"아. 그건 아니고, 다른 분이 점장을 맡으실 거거든요. 아무래도 제가 어…리다 보니 함부로 대하시는 분들도 많고 해서요."

충분히 이해할 수 있었다. 칼스타인 역시 그녀를 종업원 정도로 보았으니 거친 헌터들의 세계, 그것도 블랙마켓에서 어린 여성으로 점장을 맡는 것은 다소 무리라 할 수 있었다.

"그렇군요."

"대신 다음 분에게 수혁씨 인수인계 잘 할 테니 우리 성호 상회랑 계속 거래해주세요."

최선주는 별다른 가격 흥정도 없이 바로 매매하는 이수혁이 마음에 들었는지 지속적인 거래를 권하였다.

"네, 그렇게 하죠. 저도 조 사장님께 소개받고 온 가게와 지속적으로 거래하면 좋지요."

장길호와 조 사장은 오래전부터 친분이 있었기에 장길호의 성품을 알고 있는 칼스타인은 조 사장 또한 믿을 수 있었다.

그 조 사장이 소개하였다면 악덕 업체는 아니라는 생각에 칼스타인은 계속 거래를 하겠다는 언급을 하였다.

　그렇게 성호상회에서의 거래를 마치고 블랙마켓에서 나온 칼스타인은 뒤풀이 장소로 자리를 옮겼다.

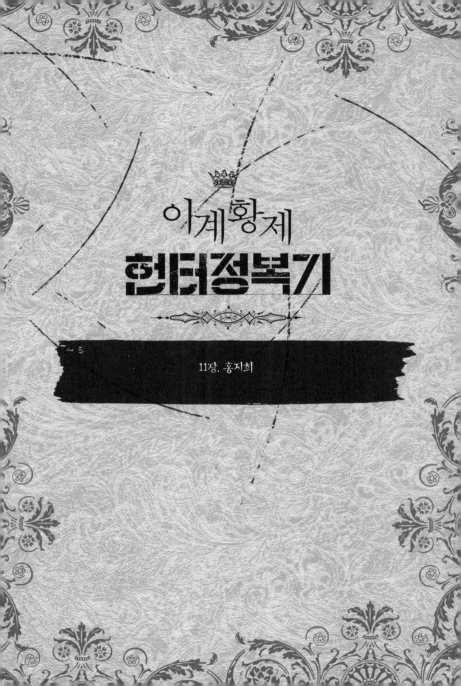

이계황제
헌터정복기

11장. 홍지희

11장. 홍지희

푸읍~!

호프집에서 사냥의 뒷풀이를 즐기던 장길호는 칼스타인의 말을 듣자 입 안에 있던 맥주를 뿜어내며 내뱉듯이 말했다.

"뭐라고? B급이라고? 언제? 어떻게?"

장길호는 어처구니없다는 얼굴을 하고 있었는데 칼스타인은 대수롭지 않다는 표정으로 그에게 대답했다.

"뭐 오늘 사냥을 마치고 확인해보니 그렇게 되어 있었습니다."

"허허… 이거 참. 각성한지 얼마나 되었다고 벌써 승급이라니…."

사실 장길호는 칼스타인을 오래 데리고 있을 것이라는 생각은 하지 않았다. 시작을 C급으로 한 오리진에다가 실전을 함께 겪어본 바로는 분명 이삼년 안에는 B급은 달 수 있을 것이라 생각했다.

그리고 칼스타인이 B급이 된다면 그에게 팀장이 되길 권하여 자신과 지금의 팀원 중 C급 헌터들과 함께 B급 몬스터 홀을 사냥하는 팀을 구성하게 할 계획이었다.

하지만 이렇게 빨리 B급을 달 것이라고 생각하지는 못 하였다. 이제 실전을 시작한지 한달도 채 되지 않았는데 B급이라니 장길호의 상상을 초월하는 성장속도였다.

허탈해 하는 장길호의 모습에 옆에서 둘의 말을 듣고 있던 최무길이 대신해서 칼스타인에게 물었다.

"그래서 이제 어떻게 할 생각이야? 우리 팀에 더 있기 는 힘들거니 말이야."

B급이 되어 C급 몬스터 홀에 들어갈 수 없는 칼스타인 은 당연히 장길호의 C-2팀과 함께 할 수는 없었다.

"뭐 계약기간이 아직 남았으니 길드 측과 협의를 해보 긴 해야겠네요."

장길호 역시 정신을 차렸는지 이번에는 장길호가 칼스 타인의 말을 받았다.

"계약기간이 중요한 건 아니지. 어차피 B급 달았다면 위약금 내주고도 모셔가려는 길드들도 많을 테니 말이야. 문제는 네가 이 길드에 남을지 말지에 관한 의지가 어떠냐에 달려있겠지."

"별 다른 차이 없으면 은하길드에 있으려고 해요. 개성에서야 B급이 대우 받지 서울의 5대 길드로 가면 그리 대우 받을 수 있는 등급도 아닌데요 뭘."

서울의 5대 길드, 아니 한국의 5대 길드는 보통 천무, 제천, 현성, 흑영, 용아의 다섯 개 길드를 일컫는 말이었다.

간혹 말석인 용아 길드를 빼고 레인보우 길드를 넣는 사람들도 있으나, 상위 네 개의 길드는 부동이라 할 정도로 높은 인지도와 힘을 갖고 있는 길드였다.

그런 만큼 B급 정도 길드원은 백여 명 이상씩은 가지고 있어, 칼스타인의 말처럼 B급 헌터로 높은 대우를 받기는 힘들다 할 수 있었다.

"하긴 뭐 그렇긴 하지. 그럼 너도 나중에 서울로 가는 걸 생각하고 있는 거네?"

"지금 당장은 아니겠지만, 그래야겠죠. 5대 길드는 마탑이나 흑탑의 고위인사들과도 교류가 있다고 하니 어머니 치료를 위해서라도 그리로 가야겠죠."

처음에 길드를 선택할 때만 해도 칼스타인은 사체처리에 관한 노하우만 익히고 혼자서 사냥할 생각을 하였다.

하지만 생각보다 헤스티아 대륙에서의 경지를 회복하는 시간이 오래 걸렸고, 박정아의 치료를 할 수 있는 또다른 방법이 떠오른 뒤로 칼스타인의 생각은 다소 바뀐 상태였다.

박정아의 치료를 위한 가장 좋은 방법은 칼스타인 자신이 그랜드마스터에 오른 뒤 그녀를 강제로 환골탈태시키는 방법이었으나, 현실적으로 그 때까지 얼마의 시간이 걸릴지 알 수가 없었다.

그렇기 때문에 칼스타인은 향후 대형 길드로 옮긴 후 그 곳을 통해 마탑이나 흑탑의 고위 마법사와 접촉한 뒤 박정아에게 마법적 치료를 받게 해줄 생각을 하고 있었다.

고위 마법사의 치료라면 충분히 마나홀의 상처 역시 치료를 해줄 수 있을 것이기 때문이었다.

박정아의 상태를 알고 있는 장길호는 칼스타인의 말에 그 역시 동의를 하는지 고개를 끄덕이더니 말했다.

"흐음… 그렇다면 그리로 가는 것이 맞겠네. 어쨌든 일단은 여기 남는다는 거지? 그럼 일단 라이센스부터 B급으로 승급 받아놔. 그럼 특약조항에 의해서 변경계약을 체결할 수 있을 테니 말이야."

인재 유출의 방지를 위해서 대부분의 길드에서는 등급 승급시 변경계약을 체결할 수 있게 해놓았다. 은하길드 역시 마찬가지였다.

그렇지 않다면 앞서 장길호가 말한 것처럼 다른 길드에서 위약금을 내주고 헌터를 스카웃해버릴 것이 당연하기 때문이었다.

"네, 저도 알고 있습니다. 일단 등급부터 받아놔야죠."

"그래, 어쨌든 은하길드에 남는다면 네가 갈 길은 B-1팀에 들어가거나, 네가 새로이 팀을 만드는 방법 두 가지 중의 하나겠네. 어떻게 할 거냐?"

은하길드는 중간 정도 규모의 길드로 6개의 고정팀과 기타 십수 명의 프리 헌터로 이루어져 있었다.

가장 강한 팀은 B급 몬스터홀을 사냥하는 B-1팀이었고, 중간이 C급 몬스터홀을 사냥하는 C-1, C-2팀, 마지막이 D급 몬스터홀을 사냥하는 D-1, D-2, D-3팀이었다.

다른 길드에서는 팀별로 그럴싸한 팀명을 짓는 경우도 있었지만, 은하길드에서는 직관적으로 알아 볼 수 있도록 등급과 뒤의 숫자로 팀을 구분하고 있었다.

즉, 은하길드에는 A급 몬스터홀을 상대할 수 있는 팀은 없었다. 은하길드 뿐만 아니라 보통 지방의 중소도시의 길드들은 A급 이상의 몬스터홀을 상대할 만한 여력이 없었다.

따라서, 자신의 길드에서 해결할 수 없는 등급의 몬스터홀이 나타난다면 협회에 신고를 하거나 미리 협약이 되어 있는 대형길드에 정보료를 받고 파는 경우가 많았다.

은하길드의 경우에는 5대 길드 중 하나인 제천과 협약이 되어 있어 그런 경우에는 제천의 헌터들이 와서 몬스터 홀을 처리해주고 있었다.

어떻게 할 거냐는 장길호의 말에 대답한 것은 칼스타인이 아닌 최무길이었다.

"엥? 아직 은하에 들어온 지 한 달밖에 안 된 수혁이한테 팀을 구성할 수 있게 해줄까요? 무조건 B-1팀으로 가는 것 아니었습니까?"

"원래라면 그럴 건데 지금 상황이 묘하게 꼬였어."

"상황이 왜요?"

장길호는 재차 물어보는 최무길을 다소 한심하다는 눈빛으로 바라보더니 입을 열었다.

"무길아. 너도 부팀장인데 길드내 상황에 관심 좀 가져라."

하지만 최무길은 그런데 관심이 없다는 듯, 눈앞의 맥주를 마시며 장길호에게 대답했다.

"헤헤. 형님이 다 알아서 해주시는데 저까지 뭐 그럴 것 있나요?"

"에휴… 그러니까 말이다. 지금 B팀에서는…."

한숨을 내쉰 장길호는 자신이 아는 상황에 대해서 이야기를 풀어내었다.

은하길드에 있는 유일한 B급 팀인 B-1팀은 고정인원 10명으로 이루어진 팀으로 팀장은 40대 B급 헌터 김태환이었다.

김태환은 젊을 때 대형길드에서 활동하며 40대 초반에 B급 라이센스를 따고 은하길드로 옮긴 헌터로 지금까지는 B-1팀을 잘 이끌고 있었다.

문제는 반년 전에 공략 시도한 B-중급 몬스터홀에서 발생하였다. 10인 홀이라 당연히 10인 풀파티로 참여하였는데 김태환 팀장과 이영일 부팀장 그리고 지원형 B급 헌터를 제외하고는 모두가 사망해버린 것이었다.

이후 김태환은 이영일 부팀장과 함께 B-1팀의 재건에 힘썼고, 결국 4개월만에 다시 10인의 풀파티를 만들 수 있었다.

팀의 재건 이후 아직 나선 사냥은 B-하급의 몬스터홀 2개가 전부였는데, 팀의 호흡이 맞지 않는지 팀원의 반 정도가 꽤나 큰 부상을 입었다.

이에 김태환 팀장은 팀워크의 향상을 위해서 당분간 사냥보다는 팀 훈련에 주력한다고 선언하였다. 덧붙여 팀이 안정 될 때까지 추가 인원의 증원 또한 없을 것이라 못 박았다.

그렇기에 칼스타인이 참여하려면 김태환의 선언을 깨어야 하는 상황이 된 것이었다.

물론 길드장의 명령에 의해서 발령을 낸다면 못할 것도 없으나, 길드에서 주력팀이라 할 수 있는 B-1팀의 장(長)인 김태환의 선언을 무시하는 것도 길드장의 입장에서는 다소 부담되는 상황이라 할 수 있었기에 장길호가 상황이 묘하게 꼬였다고 하는 것이었다.

설명을 모두 들은 최무길은 별 것 아니라는 말투로 장길호에게 말했다.

"에이, 뭐 그런 것 가지고 그래요. 지금 B-1팀에 B급은 3명 뿐인데 새로이 B급 헌터 하나 들어오면 잘 된 거 아니에요?"

"그게 김 팀장님의 평소 고집과 고지식함을 생각해보면 그렇지 않다니까."

"아니, 그럼 B-1팀은 그렇다 치고 이제 갓 B급이 된 수혁이가 팀장이 되는 건 좀 그렇지 않나요?"

최무길의 말 역시 타당성이 있었다. 경력이 오래된 중

견의 헌터도 아니고 각성한지 이제 갓 3개월 정도가 된 이수혁에게 팀장의 위치를 맡기는 것은 무리일 수 있었다.

"하지만 지금 B-1팀의 B급헌터들은 전부 김 팀장님과 생사고락을 한 헌터들이라 새로이 팀을 구성하려하지 않을 테고 수혁이가 남아 있으려면 새로이 팀을 만드는 수밖에는 없겠지."

"하긴 밖에서 영입한 헌터를 바로 팀장을 삼기에도 길드입장에서는 부담스러울 테니…."

"그래. 어차피 길드장님이 판단하실 부분이지만. 아마 새로이 팀을 구성하는 쪽으로 갈 가능성이 높을 걸?"

자신의 거취를 두고 장길호와 최무길이 한참 동안이나 떠들었으나 칼스타인은 그리 관심이 없었다. 어차피 은하길드는 자신에게 잠시 머물다 갈 곳이었기 때문이었다.

시스템상 A등급만 되면 A급 헌터 라이센스를 획득하여 5대 길드 중의 한 곳과 접촉할 생각이었다. A급 헌터쯤 되면 5대 길드에도 보통 삼십 명 정도에 불과할 정도니, 길드의 주요 전력이라 할 수 있었다.

이후 마스터 급인 S급 헌터가 되면 5대 길드에서도 최고의 전력이라 할 수 있을 테니 충분히 마탑이나 흑탑과도 거래 할 수 있는 위치가 될 것이라 판단하였다.

'그 때까지 얼마나 시간이 걸릴지 모르겠지만, 일단 A 급이 되는데 전력을 다해야겠군. 지금 추세를 보면 1년은 걸릴 것 같은데… 휴… 갈 길이 멀군.'

뒷풀이는 칼스타인의 송별회를 겸한다는 말이 나오기가 무섭게 더 달아오르면서 부어라 마셔라하는 분위기가 되며 수많은 술잔이 오가기 시작했다.

그렇게 시작된 분위기는 이차, 삼차, 사차를 이어가면서 계속 되었고 그 때마다 팀원들은 서로가 앞으로 다투어 칼스타인에게 잔을 주었다.

하지만 그런 분위기 속에서도 홍지희는 칼스타인에게 잔을 주기보다는 뭔가를 한참 동안 생각하는 것처럼 보였다. 홍지희의 그런 모습을 보던 최무길은 그녀에게 말했다.

"왜 그래? 수혁이가 간다고 하니 마음이 싱숭생숭해?"

"네? 아… 네, 그렇네요."

"에이, 그래도 술 한 잔 쯤은 줘. 이별주라 해야하나?"

최무길이 이별주를 언급하자 뭔가 결심한 듯한 표정의 홍지희는 고개를 끄덕이더니 최무길에게 말했다.

"이별주라… 그래요, 이별주를 줘야겠어요."

"혹시 누가 알아? 이별주에 마음이 동해서 잘 될지 말이야."

"그래요. 호호. 부팀장님 믿고 한 번 다시 시도해 볼게요."

"하하. 그래야 홍지희지. 힘내!

자리에서 일어선 홍지희의 눈빛이 묘하게 빛나고 있는 것을 그녀의 뒤에 앉아있는 최무길은 보지 못하였다.

이미 거듭되는 술자리동안 수차례 사람들이 다녀갔는지 칼스타인은 이미 상당히 과음을 한 상태였다.

마나로 다소 술기운을 몰아냈음에도 몸에 취기가 남아있는 것이 그의 과음을 가늠케 하였다.

홍지희가 칼스타인의 옆에 앉자 그와 같은 테이블에서 대화를 나누던 두 명의 헌터가 홍지희에게 눈을 찡긋하며 윙크를 한 뒤 자리를 비켜주었다. 그들 역시 홍지희의 어필을 잘 알고 있었기에 그녀에게 기회를 주는 것이었다.

"어머, 수혁아 술을 많이 마셨나봐?"

"아. 또 홍선배군요."

"또 라니. 에휴. 이제 가는 마당이니 단도직입적으로 물어볼게. 넌 내가 뭐가 그리 마음에 안 드는 거야? 자랑 같긴 하지만, 내가 어디 나가서 빠지는 얼굴과 몸매가 아닌데 말야."

확실히 그녀 스스로 말하는 것처럼 홍지희는 빠지는

얼굴과 몸매는 아니었다. 아니, 오히려 다소 색기 있어 보이는 얼굴과 육감적인 몸매를 보면 인기가 있을 법한 외모였다.

연애상대로 절대 빠질 외모는 아니라는 의미였다. 더군다나 이렇게 들이대는 하룻밤 상대로는 좀 과하다 해도 좋을 상대였다.

"뭐 빠질 외모는 아니죠."

취기가 올라서 그런지 헤스티아 제국에서 수많은 미녀들을 보았던 칼스타인의 눈에도 지금 홍지희는 확실히 섹시해 보였다.

"지금까지는 팀 내에서 연애하기 그렇다는 네 말을 듣고 내가 물러섰는데, 이제 너도 팀에서 나갈 테니 그럴 필요가 없지 않아?"

칼스타인은 지금껏 생사가 오가는 사냥을 하는 팀 내에서 연애를 한다면 사심 때문에 팀워크가 깨어질 수 있다는 것을 명분으로 하여 홍지희의 대쉬를 거절 하고 있었다.

그렇기 때문에 지금 홍지희의 말에 거부할 명분이 빈약한 것도 사실이었다. 더군다나 취기까지 올라 홍지희의 외모 역시 칼스타인의 욕구를 자극하자 머릿속 한구석에서 그녀를 안을까라는 생각마저 들었다.

하지만 순간적으로 전개한 삼목심안에는 여전히 그녀의 상태는 색욕이 아닌 식욕이었다. 그것을 확인한 칼스타인은 그녀의 유혹에 응하지 않고 반문으로 대답했다.

"저도 가는 마당이니 바로 말씀드릴게요. 홍선배는 대체 저의 뭐가 그리 좋아서 이렇게 접근하시는 거죠? 눈빛을 보면 외모에 반하신 것은 아닌 것 같은데 말이에요."

"외모에 반한 거야. 정확히 말하자면 필이 통했다고 할까?"

단도직입적인 칼스타인의 물음에도 홍지희는 거짓을 말했다. 결국 내심 고개를 저은 칼스타인은 그녀에게 입을 열었다.

"선배가 그렇게 거짓말을 한다면 저도 더 이상 할 말이 없네요."

"그 말은 이번에도 거절한다는 거야?"

"그렇게 생각해 주세요. 홍선배의 눈빛이 거짓을 말하고 있는 한 선배의 마음을 받아들이긴 힘들 것 같네요."

칼스타인이 이번에도 철벽을 치고 나오자 홍지희는 어쩔 수 없다는 표정을 짓더니 잔을 내밀며 칼스타인에게 말했다.

"후… 정말 안 되나보네… 그래 알겠어. 우리 서로 이잔을 깨끗이 비우고, 앞으로는 모르는 사람처럼 깨끗이

303

돌아서자. 어차피 팀을 떠나면 볼 일도 없을 테고 말이야. 이렇게 말했는데도 안 된다면 나도 더 이상 어쩔 수 없네."

"그래요. 저도 오는 여자 막는 타입은 아니지만, 거짓을 말하는 사람과는 함께 할 수 없으니까요. 깨끗이 끝내죠."

말을 마친 홍지희는 자신이 가져온 황금색 술이 담긴 두 스트레이트 잔 중에 하나를 칼스타인에게 건넨 후 자신의 잔을 원샷으로 비웠다.

칼스타인 역시 홍지희가 원샷으로 마시는 것을 보고 자신 역시 한 번에 잔을 목으로 털어 넣은 후 그녀에게 말했다.

"이것으로 앞으로는…. 어….."

말을 하려는 칼스타인은 뭔가가 잘못되었음을 직감했다. 몸 속의 마나가 방금 마신 술, 아니 독을 몰아내려고 급격히 요동을 쳤기 때문이었다.

〈2권에서 계속〉